鎌倉女体巡り

霧原一輝
Kazuki Kirihara

三交社艶情文庫

目次

第一章　鎌倉ガイドの夜は更けて……5
第二章　ギターを弾く弁財天……54
第三章　ツアーの夜に人妻二人と……97
第四章　葉山マダムと江ノ島で……144
第五章　新会社の新人ガイドと……188
第六章　スター誕生秘話……233

※この作品は艶情文庫のために
書き下ろされたものです。

第一章　鎌倉ガイドの夜は更けて

1

鶴岡八幡宮《つるがおかはちまんぐう》から少し歩いたところにある宝戒寺《ほうかいじ》のシダレザクラを『早春の古都鎌倉の梅を味わう散歩コース』に参加した五人の女性に説明し、参拝の時間を取り、小暮専太郎《こぐれせんたろう》はよっこらしょとベンチに腰かけた。

「隣に座ってよろしいですか？」

参加者のひとりの葉月蓉子《はづきようこ》が声をかけてきた。

「ああ、どうぞ、どうぞ」

笑顔で勧めると、蓉子がベンチの隣に腰をおろす。

かるくウエーブした髪が、穏やかだが、芯の強そうなととのった顔にふんわりとかかり、白いコートが蓉子の爽やかさを際立てている。

目の覚めるような美人だが、これで三十八歳の人妻であり、しかも、中学生になる娘がいるというのだから、最近の女性は見た目だけでは判断できない。ガイドとしては相応《ふさわ》しくないが、美人が近くに来ると、どうしても緊張してしまう。

小暮専太郎は鎌倉のボランティア・ガイドをしている五十三歳である。妻は五年前に亡くしていたし、長年勤めた会社も三年前に辞めていた。

隣の蓉子が無言なので、専太郎のほうから声をかけた。

「葉月さん、参拝はしなくていいんですか？」

「去年来たときにたっぷりしましたから、今日はいいんです」

「ああ、そうでしたね」

じつは、昨年暮れに葉月蓉子は一度、専太郎がガイドをした鎌倉の寺社を巡るツアーに参加している。この宝戒寺もそのときに来ていた。

その際、蓉子は体調が悪いらしく、一行から遅れがちだった。

専太郎はそんな蓉子を心配して、親切に面倒を見た。

どうやらそれで蓉子に気に入られたらしくて、蓉子は今回の鎌倉の梅を愛《め》でるコースのガイドを、専太郎指名でガイド協会に頼んできた。

しかも、今日の他のメンバーはいずれも蓉子が誘った近所の人妻連中だった。

つまり、蓉子は今回の観梅ツアーの幹事であった。

専太郎は非営利集団の運営するボランティア・ガイドだから、専太郎の懐に入るのは雀の涙ほどである。六名までが一回三千円と決まっているから、大した額にはならない。

だが、北鎌倉の家にいてもどうせやることがない。それに、こうやってツアー客に鎌倉の名所を案内するのはやり甲斐があった。

ましてや、自分を気に入ってくれての指名とあれば、これは意気に感じるというものだ。

それに、専太郎は蓉子のことを嫌いではない。もちろん、ガイドが異性の客に好意を抱くなど許されることではない。しかし、昨年のガイドを終えてからも、葉月蓉子にまた逢えればいいな、と密《ひそ》かに思っていた。

願いがこんな形で叶《かな》ったのだから、専太郎も内心はうれしい。

「……わたしたち、同じ団地に住んでいるんですよ。今流で言えば、『女子会』を時々開くの。うちの主人が部長職だから、わたしが幹事をやらされていて、けっこう大変……。みなさん、鎌倉に行きたいっておっしゃるから、こういう会を開いたのよ。ほんと、小暮さんが空いていてよかったわ。小暮さんでなければ、つまらないもの」

自分でなければつまらないとは、どういうことなのだろう？　いずれにしろ気に入ってもらえているのは確かのようだ。

「いやだ、わたし、何を言ってるのかしら」

「買いかぶりですよ。私でなくとも、優秀なガイドさんは他にもいっぱいいますから」

「そうかしら？　ご自分ではお気づきになっていないのかもしれないけど……小暮さん、ステキな声をなさってるわ」

蓉子が身を乗り出してきた。ぐっと顔の位置が近づいて、大きくて切れ長の目に吸い込まれそうになった。

「そ、そうですか？」

「ええ……ソフトな声質で、すごく聞き取りやすいし、それに……」

「それに？」

「とっても、セクシーですよ」

そう言って、蓉子が口角《こうかく》を吊りあげた。その悩ましい表情のほうが、よほどセクシーだった。

「あと、大した美男じゃないけど、笑顔がかわいいわ」

蓉子が口許《くちもと》をゆるめた。

「他のお客さんからも、そう言われません？」

「はあ……そう言えば、時々、笑顔が恵比寿様のようだと言われますが……」

「そうよ。それよ……きっとみんな、小暮さんを見ていると、幸せな気持ちになるんだわ」

蓉子が言うので、専太郎はうれしいような恥ずかしいような微妙な気持ちになった。

専太郎は会社員時代は営業職についていて、その際、上司からも、『お前の笑顔は武器だからな。というか、お前の武器は笑顔しかないんだからな』と言われたことがある。確かに、多少のミスは笑顔で誤魔化してきた、という自覚はある。

だが、女性に面と向かって言われるとなると、また別だ。五十路《いそじ》を過ぎていても、ドキドキすることがあるようだ。

専太郎は舞いあがって、逆に緊張してきた。

「あらっ、かわいいんだから。赤くなっているわ」

蓉子が畳みかけてくるので、専太郎のただでさえ血色のいい顔がますます赤くなってしまう。

と、そこに折よく、参拝を終えた人妻たちが帰ってきた。

下は二十五、六歳から上は四十前半までの団地妻たちは、夫の役職によって格差がつけられているようで、見ていてハラハラしてしまう。

とくにいちばん年下の桜井香奈子《さくらいかなこ》などは、いじられ役で見ていて可哀相なくらいだが、彼女が潤滑剤になって五人の関係が上手《うま》くまわっているようにも見える。専太郎は立ちあがって、

「では、これから荏柄天神社《えがらてんじんしゃ》に向かいます。みなさんご存じの学問の神・菅《すが》原道真《わらのみちざね》を祀《まつ》る神社で、ここは『寒紅梅《かんこうばい》』が有名です。今、咲いているはずで

す。行きましょう」

専太郎が先頭に立って宝戒寺の山門を潜《くぐ》り、荏柄天神社に向かって、歩道を歩いていくと、その横に蓉子が並ぶ。

蓉子はこのグループのリーダーだから、ガイド役の男を一人占めしても誰も文句を言えないのだ。早春の鎌倉の街を歩きながら、蓉子が訊《き》いてきた。

「小暮さんは今、おひとりなんですよね？」

「そうです。女房は五年前に逝《い》きました」

「それはこの前、うかがったわ。子供さんは？」

蓉子はぴたっと横についてくる。人の目がなければ、腕を組んできそうな勢いだ。

「息子がひとりいますが、もう巣立って、今、大阪にいます」

「じゃあ、北鎌倉のお家におひとりなんですか？」

「そうです」

「寂しいですねぇ」

蓉子がちらりと横から専太郎を見た。すらりとした体型の際立《きわだ》った美人だから、ドキッとしてしまう。

「はあ……もう慣れました。かえってひとりのほうがいいですよ。自由で、好き勝手やっていればいいんだから」

もちろん本心ではない。寂しいに決まっている。

最近、参拝のときに祈願するのは、残りの人生をともに送ってくれる女性と出逢わせてください、とそればかりだ。

蓉子は美人で自分に好意を寄せてくれている。それは心底うれしい。だが、何しろ他人の妻なのだから、残りの人生をともに過ごすことはできない。

話題を変えて、蓉子のことを訊いた。

「蓉子さんは、お子さんは中学生ですか？」

「ええ……中一の男の子で。今はサッカーに夢中ですの。小学校でも補欠でしたし、とてもレギュラーには……」

「いや、私から言わせれば、かえって補欠のほうが、将来はいい男になりますよ。人の痛みをわかる男になれる。それがいちばんじゃないですか？」

「ふふっ、たまにはいいことをおっしゃるのね」

「たまに、ですか？」

「ええ……ふふっ」

後ろの仲間は少し離れたところを歩いているので、こんな踏み込んだことが言えるのだろうが、それにしても、蓉子は大胆に距離を詰めてくる。

それがいやかと言うといやではない。

不思議な人だと思う。もしかして、どこかで気が合うのかもしれない。蓉子もそれを感じているから、接近してくるのだろう。

その日、一行は荏柄天神社、鎌倉宮《かまくらぐう》、瑞泉寺《ずいせんじ》と巡って様々な梅を楽しみ、鎌倉駅に到着したのは夕方近くになっていた。

そこで解散して、小町通りの行きつけの居酒屋に向かおうとしたとき、みんなとともに帰ったはずの、葉月蓉子が戻ってきた。

「どうしたんですか？　忘れ物ですか？」

「じつは今夜、鎌倉の友人とホテルで食事をすることになっていて、レストランと宿泊の予約が取ってあるんです。でも、その友人が急に来られなくなって……夕食は二人分頼んであるし、もったいないから、小暮さんお食事をご一緒してもらえたら、と……ダメですか？」

「いや、ダメじゃないですが……しかし、お客さんに夕飯をご馳走になったことがばれたら、マズいんですよ」

「それなら大丈夫です。わたしは絶対に他言しないですよ。もったいないですし、わたしもひとりでレストランで食事なんていやです」

「……ご主人をお呼びになったら、どうですか？」

「無理！」

蓉子の口調と表情がいきなり険《けわ》しいものに変わった。

「無理……ですか」

「ええ、無理。絶対にいや！」

専太郎はあまりの剣幕に言葉を失った。よほど、ご主人と上手くいっていないのだろう。そうでないと、この反応は出ない。

「お願いします。ひとりではいやなんです。こんなに頼んでもダメですか？」

眉根を寄せて哀願する蓉子の真剣な姿に、心を動かされた。

「わかりました。そういうことなら……つきあいますよ」

「よかった！」

蓉子が手を叩いて、はしゃいだ。こういうところはとても三十八歳には見えない。

専太郎は、しっかりしているだけでなく、かわいい人だとも思う。

「ホテルはどこですか？」

「鎌倉のPホテルです」

「すごいじゃないですか。あそこのレストランは美味《おい》しいですよ。海も見えますしね」

「そうでしょ？　あのレストランで、女ひとりではあまりにも惨《みじ》めでしょ？」

「確かに……大丈夫ですよ。どうしますか？　タクシーで行きますか？」

「はい……」

専太郎はタクシー乗場に入ってきたタクシーに、蓉子とともに乗り込んだ。

2

専太郎は蓉子とともに、ホテルのレストランで地元の海の幸をふんだんに活かしたフランス料理を食べていた。

一度部屋にあがって着替えをした蓉子は、胸の大きく開いた、濃紺のドレッシーなドレスを着ていて、ドレスの襟元からのぞくたわわなふくらみにどうしても視線が向かってしまい、見ないようにするのが大変だった。

コースを食べながらワインを飲んでいるので、蓉子の抜けるように白い肌が仄《ほの》かなピンクに染まって、専太郎はドギマギしてしまう。

「あの、失礼ですが、キャンセルなさった方は男の人ですか？」

専太郎はついつい気になったことを訊いていた。

「女の人ですよ。大学時代の友人で、今、鎌倉にお住みになっているの。ひさしぶりだから逢いましょうって……。なぜ、男の人だとお思いになるの？」

蓉子がかわいく小首を傾《かし》げる。

スッと切れあがった魅惑的な目が、すでに酔いで霞《かすみ》がかかったようになって、とても色っぽい。

「その、着替えられたドレスがすごくセクシーなので、相手は男の人だったのかなと……」

「違いますよ。これはあなたのために……」

「えっ……？」

「ふふっ、聞かなかったことにしてください」

蓉子が形のいい唇の縁を吊りあげた。

（ということは、もしかして、友人のキャンセルなんてウソじゃないか？　最初から俺と食事をしたくて……いや、まさかな……）

思いを打ち消していると、蓉子が訊いてきた。

「小暮さんはどうしてガイドをはじめられたんですか？」

「五十歳で会社を辞めて、しばらくぼぅとしていたんです。さすがに何かはじめたいなと思っているところに、友人から勧められまして……その彼はすでにガイド協会に入っていまして、ばりばり活動していたんです。私も名所旧跡をまわるのは嫌いではないので、参加することにしました。ガイドの研修を受けて資格を取って、ガイドデビューしました。もう一年になりますかね。大した収入ではないんですが、歩くので体にいいですしね……それに、家にひとりでいても、歳をとっていくだけですから」

「賛成ですわ。小暮さんの人生が充実しているのがわかります。お顔の肌がつやつやですもの」

「ああ、これは、昔からなんですけどね」

専太郎は照れ隠しに笑う。

「ほら、その笑顔がいいの。何だかすごく気持ちが安らぐんですよ……小暮さん、ステキだわ」

そう言って、蓉子がうっとりと専太郎を見る。

(ううん、何かおかしいな……モテすぎだ)

昔から人には好かれるタイプだったが、これほど女にモテたことはない。しかも、相手は三十八歳の美人妻ときている。

(あれか？　もしかすると、江ノ島の弁財天が、俺の願いを叶えてくれているのか？）

レストランの大きな窓からは、ちょうど灯の点《つ》いた江ノ島が見える。シーキャンドルにも照明が点いて、クラゲのように触手を伸ばしている。

じつは、今年は客からの要望が多く、すでに三度、鎌倉七福神巡りをした。

その際、地理的に鶴岡八幡宮の源氏池の弁財天をまわることが恒例となって、江ノ島の弁財天は省かれていた。だが、実際は江ノ島の弁財天のほうが全国的に有名であり、そのたびに申し訳ないような気がした。

だから、七福神巡りをした後で、専太郎は必ず江ノ島の弁財天にも足を伸ばして、参拝していた。

それを三度繰り返し、しかも、江ノ島にある三つの宮をすべてまわった。

二週間ほど前に、専太郎の夢のなかに、弁財天が出てきた。

弁天様は布を巻き付けただけの半裸で、手に琵琶を持っており、その妖艶なお姿で琵琶をかき鳴らした。

その東洋的な旋律に専太郎はうっとりと酔いしれた。

そのとき、弁財天がこう言ったのだ。

『お前は鎌倉七福神巡りで不当な扱いを受けている我が宮に、何度も参拝して、わたしのプライドを保ってくれた。そのお礼をしたいのです。お前の願いをひとつ叶えましょう。何でもいいから、言ってごらんなさい』

専太郎はどうせ夢のなかだからと、

『女にモテること』

と答えた。さらに調子に乗って『女性を抱きたい。セックスしたい』と付け加えた。

『ふふっ、他愛もないこと。そんなことでよろしいのですか？』

『はい……充分です』

『わかりました。あなたの願いを叶えましょう。楽しみにしていなさい』

弁財天が婉然《えんぜん》と微笑み、半裸の妖しい格好で、琵琶をかき鳴らした。

その旋律が高まったとき、専太郎はエクスタシーを迎えた。

ハッとして目が覚めると、股間が白いものでべっとりと汚れていた。夢精していたのだ。

夢にしては生々しい感覚が残っていた。だが、どうせ実現するわけはないとタカをくっていた。

それが、今、現実になろうとしているのだ。しかも、ここのホテルからは江ノ島が見える。

フレンチのコースをほぼ終え、デザートのアイスクリームを食べる頃には、蓉子はすっかり出来上がったようで、ノースリーブのドレスから突きだした二の腕も仄かなピンクに染まり、目の縁も桜色に染まっている。

（もしかして、これは……？）

このまま部屋に誘われるのではないか？　そうなったら、どうしたらいいんだ？

などと密かに頭を悩ませている間にも、食事が終わった。

レストランを出るとき、蓉子が耳元で囁いた。

「まだ時間も早いわ。部屋で少し休んでいってくださいな」

（来た……！）

専太郎は大いに迷った。こんな美人奥様から誘われたのだ。もちろん、行きたい。しかし、蓉子は人妻で、部長の夫も中学生になった息子もいるのだ。

「はあ、しかし……ご主人が……」

いちばん気になっていたことを口に出すと、

「主人は気になさらないで」

蓉子が即座に言った。

「そういうわけには、いきませんよ」

「主人、他に女がいるんです」

蓉子がまさかのことを耳元で言った。

「えっ……？」

「部下の若いOLなのよ。じつは、もう二年つづいているの。その間、わたしは放っておかれているの、ベッドでも」

早口に言って、蓉子がもう放さないとばかりに、専太郎の腕にぎゅっとしがみついてきた。

「だから、わたしだって……これ以上、女に恥をかかせないで。わたしがどれだけ勇気を振り絞っているか、わかってほしいわ」

蓉子が胸を押しつけてきた。

ドレスに包まれたたわわな胸の弾力を感じた瞬間に、専太郎の心は決まった。

「わかりました。行きましょう。でも、このことは絶対に他言しないでくださいよ」

専太郎は蓉子とともに部屋へとあがっていく。

3

客室は大きなベッドが二つ置かれた広々としたツインルームで、窓側には応接セットがあり、大きな窓からは夜景が見えている。

二人は窓際に立って、夜の海を眺める。

ほぼ真っ暗だが、沖合には旅客船が碇泊して、明かりが灯《とも》っている。海岸では街灯の明かりが浜に打ち寄せる波をぼんやりと浮かびあがらせている。

「きれいね。ひさしぶりだわ、こういう景色を眺めるのは」

蓉子が言う。そのかるくウエーブした髪のかかる横顔は、美人特有の優雅な輪郭を描いていて、見ているだけでぞくぞくしてしまう。

きっと若い頃はモテモテだっただろう。もちろん今でも、熟女の魅力がむんむんである。こんないい女が、夫に不倫されているのが不思議でしょうがない。やはり、男はたとえ相手がどんな美女でも、飽きるのだろうか？

「私もですよ」

「でも、小暮さんは鎌倉にお住みなんだから、見慣れているんじゃありませんか？」

「近所だからこその油断って言うか……北鎌倉に家があるので、わざわざこういうホテルには泊まりませんよ」

「それもそうね。灯台もと暗しってやつかしら……」

蓉子が一歩前に出て、専太郎に背中を預けてくる。

こうしてほしいのだろう、と蓉子を後ろからおずおずと抱く。最近女性を抱いていないから、どうしても動きがぎこちなくなってしまう。

それでも、蓉子の髪の匂いと柔らかな女の肌を感じると、専太郎のなかで男としての欲望が芽生えてきた。

「ほら、窓に二人が映っているわ」

蓉子が言う。

前を見ると、確かに大きな窓ガラスに、二人の姿が映り込んでいる。外は暗く、部屋は明るいから、窓が鏡のようになっているのだ。

胸元のひろく開いたドレスに身を包んだ優美な蓉子がいて、その後ろに専太郎が映っている。蓉子はきれいだが、にやけた顔をした自分は見られたものではない。

視線をそらすと、蓉子が専太郎の手を胸に導いた。手を重ねて、

「触って……」

窓のなかの蓉子が言った。

専太郎は右手で蓉子の乳房を揉む。やわやわと柔らかく揉むだけで、ドレスのなかの乳房が弾《はず》んで、

「ぁあああ……」

と、蓉子がかるく顔をのけぞらせた。

つづけて揉みしだく。手のひらのなかで、想像以上にたわわなふくらみの弾力を感じると、ごく自然に指先に力がこもってきた。

「ぁああ、あああ、気持ちいい……」

蓉子がのけぞりながら、尻を後ろに突きだして揺らすので、ズボンの股間に触れて、イチモツが力を漲《みなぎ》らせてしまう。

と、それを感じ取ったのか、蓉子が手を後ろにまわして、ズボンの股間を撫でさすってきた。

「おっ、くっ……！」

女性に股間のものを触られるのなど、いつ以来だろう？

うねりあがる快感のなかで、なおも胸のふくらみを揉みしだいていると、蓉子が言った。

「小暮さんのここ、カチカチになってきた。わたし、男性のここに触れるの、一年ぶりだわ」

「……そんなに、していないんですか？」

「ええ……ほんとうはもっとになるのよ。二年くらいかな」

専太郎は言葉が出てこない。こんなきれいで、行動力もある奥様を何年も放っておく夫の気が知れない。

「ねえ、胸を、じかに触って……」

蓉子が求めてくる。

専太郎は右手を深い谷間をのぞかせる胸元に差し込んだ。ブラジャーの内側にすべり込んだ指が、たわわな肉層をとらえた。

そこはすでにじっとりと汗ばんでいて、耳たぶ程度の柔らかさの乳房がまったりと指にからみついてくる。揉むと、たわわな肉の塊がしなって、てくる。

「ぁあああ、いいの……いいのよぉ」

蓉子はのけぞりながらも、後ろ手に専太郎のイチモツをズボン越しにさすってくる。

うねりあがる愉悦のなかで、乳房を揉みしだいていると、指先が中心の尖ったものに触れて、

「うんっ……！」

びくんっと、蓉子が顔をのけぞらせた。

どうやら、乳首がとても感じるらしい。専太郎は指腹で突起をつまんだ。くりっ、くりっと転がすうちに、それはますます硬く、しこってきて、

「ぁああ、もうダメッ……乳首が弱いの。ぁあああ、すごく感じる。どうしたらいいの？　ねえ、どうしたらいい？」

蓉子が腰を振りながら、股間のイチモツをぎゅっと握ってきた。

専太郎もどうにかしたくなる。もっと乳房をかわいがりたくなって、ドレスの後ろのファスナーをおろしていく。

襟《えり》ぐりの大きく開いたドレスがさがっていき、ぶるんと乳房がこぼれでてきた。どうやら、ブラジャー付きのドレスで、ブラジャーをつけていないらしい。

ドレスを腰までおろすと、蓉子は腕を抜いて、あらわになった乳房を両手を交差するようにして、隠した。

その姿が鏡と化した窓に映っている。

美しい人妻が羞《は》じらう姿を目に焼きつけながら、専太郎は下から左右の乳房をつかんだ。蓉子は胸から手を外して、

「ぁああ……いやっ……」

恥ずかしそうに顔をそむけた。

「恥ずかしがらなくていいです。きれいな胸だ。豊かで、形もいい。とても授

乳したオッパイだとは思えない。全然垂れていないし、乳首も凛《りん》としている」

「そう……？」

「ええ。ほら、窓に映っている」

蓉子がおずおずと窓のなかの自分を見て、いやっとばかりに顔をそむけた。

それはそうだろう。

闇に沈む海岸を背景に、上半身裸の自分の姿がくっきりと映っているのだから。

「きれいな身体ですよ。ほら、こうするとオッパイが……」

専太郎は背後からまわし込んだ手指で、量感あふれる乳房を揉みしだいた。

すると、お椀を伏せたような美乳が形を変えて、はみだし、乳首がいっそうせりだしているのが窓に映っている。

蓉子はもう目をそらせることはせずに、じっと胸が揉みしだかれる様子を見ている。

すっきりとした眉を八の字に折って、悲しそうでいながら、困惑しているような微妙な表情が男心をかきたてる。

専太郎は窓のなかの二人を眺めながら、乳首を指でいじった。

乳房はたわわで、乳輪もひろい。そのセピア色の乳輪から少し大きめの赤く色づいた乳首がせりだしている。

その硬くなった突起を指腹に挟んで、左右によじると、

「んっ……んっ……ぁあああ、ダメ……許して、それ……ダメなのよ、それ弱いの……ぁあああうぅぅ」

蓉子は顎をせりあげ、腰を後ろに引いてくねらせながら、さかんにイチモツをしごいてくる。さすがに三十八歳の奥様である。

自分は感じながらも、男を悦ばせることも忘れていない。

しかも、蓉子は抜けるように色が白いから、乳房を揉みしだかれ、仄白い上半身をくねらせるさまは途轍《とてつ》もなく色っぽい。

専太郎が左右の乳首をいじりつづけていると、

「ぁああ、もうダメっ……立っていられないわ」

蓉子が訴えてくる。

「では、両手を窓に突いてください」

「こう？」

蓉子が両手をガラスに突いたので、専太郎はもう少し低い位置に手を持っていき、腰を後ろに引き寄せた。

「ああ、いや……この格好」

蓉子が居たたまれないという様子で、首を左右に振る。

濃紺のドレスが腰にまとわりつき、上体はさらけだされてしまっている。しかも、ストレッチの背伸ばしをするような格好で腰を突きだしているから、膝上のドレスの裾から黒いパンティストッキングに包まれた、すらりとした足が台形に伸びている。黒いハイヒールを履いているので、その脚線美がいっそう強調されていた。

専太郎はドレスのまとわりついているヒップを愛情込めて撫でまわす。すべすべの生地が尻の上をすべり動いて、

「ぁああ、あああ……」

と、蓉子が気持ち良さそうに腰をくねらせる。

蓉子は夫に長い間相手にされずに、熟れた肉体を持て余してきた。溜め込ま

れた性欲が、専太郎という極めて都合のいい男を見つけて、あふれだそうとしているのだろう。

専太郎は後ろにしゃがんで、ドレスの裾をまくりあげた。

裾があがって、黒いパンティストッキングに包まれた尻がこぼれでてきた。

シルバーのパンティが透けだしていた。三角形の布が充実した尻を覆い、基底部には深い皺《しわ》が刻まれている。

専太郎はパンティストッキングに包まれたヒップを撫でさすり、ちゅっ、ちゅっとキスを浴びせる。

「あっ……いやっ……しないで」

蓉子がぎゅうと尻たぶを窄《すぼ》めた。

「おろしますよ」

「やっ……！」

専太郎はパンティストッキングに手をかけて、剥《む》きおろしていく。黒いパンティストッキングが膝までさがって、シルバーの光沢のあるパンティが尻を覆っているのが目に飛び込んできた。深い縦溝を刻んだクロッチには、すでに涙形のシミが浮きでている。

パンティストッキングを途中までおろした状態で、専太郎は尻たぶを引き寄せて、パンティの基底部に貪りついた。

「ぁあああ、いやぁ！」

蓉子が低く悲鳴を放った。だが、言葉とは裏腹に、腰は後ろに突きだしたまだ。専太郎が甘酸っぱいような性臭を感じながら、縦に走る基底部にキスをすると、

「あっ……あっ……」

蓉子はがくん、がくんと膝を落とす。

尻たぶの谷間に食い込んだクロッチに舌を走らせた。布越しに女の秘苑を舌で愛撫すると、

「ぁあああ、ダメっ……汚いわ。ねえ、シャワーを浴びさせて」

蓉子が訴えてくる。

「後で浴びてください。でも今は、もう、こっちが我慢できません。蓉子さんが誘ったんですよ。大丈夫。蓉子さんのここはまったく匂わない。むしろ、ス

テキな香りがする」

言い聞かせて、細くなったクロッチを舐めると、そこに唾液が沁み込んで、もともと滲んでいた愛蜜と混ざって、それがべっとりと濡れてきた。

そして、一瞬いやがっていた蓉子だが、今はもう「ぁあぁ、ぁああ」と声をあげて、切なげに腰を揺らしている。

専太郎はパンティに手をかけて、ゆっくりと膝までひきおろす。

ぷるんっと充実したヒップがこぼれでてきて、

「ぁああ、見ないでぇ」

蓉子が右手を後ろにまわして、尻の底を隠そうとする。

その手を外して、左右の尻たぶをつかみ、ひろげながら、奥の院に舌を走らせる。

黒々とした濃い翳《かげ》りを背景に、肉厚だがととのった形をした艶やかな肉の花がバラのように咲き誇っていた。

やはり、三十八歳の人妻ともなると、ここも成熟するのだろう。

パッと見ただけで、具合の良さが伝わってくるような、ぽってりと充実した女性器だった。しかも、ひろがった花びらの狭間《はざま》は、あふれだした蜜で鮮やかな鮭紅色にぬめ光っている。

狭間に舌を走らせると、ぬるっぬるっと舌がすべって、ヨーグルトに似た味覚が舌の上で弾《はじ》け、

「あっ……あっ……やっ……ぁあああああうぅぅぅ」

最初はとまどっていた蓉子が長く喘ぎを伸ばして、背中を大きく反《そ》らせた。

ひさしぶりのセックスで、夜の海の見える窓に手を突き、尻を後ろに突きだしてバッククンニをされるのは、羞恥の極限であり、それゆえに、刺激も強いのだろう。

不倫の相手として自分を選んでくれたのだから、もっと感じてほしい。感じさせたい。

専太郎は丹念にクンニする。膣口を舌でうがち、クリトリスを包皮ごと舌で揺さぶると、

「ぁあああ、もうダメッ……我慢できないの。ちょうだい。あれをちょうだいよぉ」

蓉子が尻をもの欲しそうにくねらせる。

4

専太郎が服を脱いでいると、蓉子もパンティストッキングとパンティを足先から抜き取っていく。

下着のシャツだけの姿になった専太郎を、蓉子がちらりと見た。

その目がきらりと光った。専太郎のイチモツが密林からすさまじい角度でそそりたっていたからだ。それは、専太郎自身が驚くようなすさまじい勃起だった。

蓉子が近づいてきて、専太郎の前にしゃがんだ。

ドレスはもろ肌脱ぎされていて、腰にまとわりついている。したがって、上半身はさらされていて、たわわな乳房がもろに見えてしまっている。

蓉子はいきりたつものを握って、おずおずとしごいた。

それが手のひらのなかでますますギンとしてくるのを感じたのだろう、大きく目を見開いて専太郎を見あげてくる。

「カチカチだわ。小暮さん、お幾つでしたっけ？」

「五十三歳です」

「主人のほうが若いのに、こんなに硬くはならないのよ。いつもこうなるの？」

蓉子が片方の手で、垂れ落ちた髪をかきあげた。

落ち着いたなかにも、妖艶さが匂いたつその仕種《しぐさ》にドキドキしながらも、

「いえ、いつもではありません。それに、女性に接するのはもう何年ぶりかですから……きっと、相手が蓉子さんだからですよ」

「ふふっ、そうなの？」

蓉子が満足そうに微笑んだ。女の自尊心を満たされたという顔をしている。

「そうですよ。蓉子さん、断トツにおきれいですし、性格も素晴らしいですよ。だって、そんなひどいダンナにずっと耐えてきたんですから。我慢強いし、女性の鑑《かがみ》のような人だと思いますよ」

「……でも、今は結局、あなたと不倫をしているわ」

「それはいいんですよ。目には目をです。遅すぎたくらいですよ」

「……よかったわ。あなたを選んで」

蓉子が顔を寄せてきた。

そして、茜色《あかね》にてかつく亀頭部にやさしく唇を押し当てて、ちゅっ、ちゅっとキスをする。

「くっ……！」

あろうことか、分身が頭を振った。

「あら？　すごいわ。今、これがびくって……ほんとに元気だわ。ふふっ、いい子ね。もっと、かわいがってあげるわ」

子供に話しかけるよう言って、蓉子が亀頭冠の真裏を舐めてきた。

裏筋の発着点である敏感な包皮小帯にちろちろと舌を躍らせながら、「気持ちいいですか？」とでも言いたげに見あげてくる。

「いいよ。すごくいい……そこはとくに……くっ！」

専太郎は唸る。蓉子の手が皺袋をつかんできたのだ。

蓉子は包皮小帯を舌先で刺激しながら、片方の手をおろして、睾丸を下から持ちあげるようにやわやわと触ってくる。まるでお手玉でもされているようだ。蓉子は裏筋を舐めおろしていき、根元から逆に舐めあげてくる。舌を左右に振って裏側を愛撫しながら、専太郎を嬉々として見あげてくる。

（ああ、この人はほんとうにセックスが大好きなのだな）

下を見ると、あらわになった乳房が見事な丘陵を見せ、しかも、先のほうが赤く尖っていて、いやらしいことこの上ない。

蓉子は肉柱をツーッと舐めあげてきて、そのまま上から頬張ってきた。途中まで唇をすべらせて、握っている部分をしごき、それと同じリズムで顔を打ち振る。

「おっ、あっ……」

専太郎はうねりあがってくる快美感に唸った。本体が充実しながら、蕩《とろ》けていくような気持ち良さである。

無理もない。もう数年、フェラチオされたことなどなかったのだから。

蓉子が手を離して、口だけで頬張ってきた。

大きく顔を打ち振って、柔らかな唇を根元まですべらせ、陰毛に唇が擦れる状態で動きを止めた。

もう放さないとばかりに、両手で専太郎の腰をつかみ寄せて、奥まで咥えて肩で息をしている。

専太郎はひさしぶりに味わうフェラチオの快感に酔いしれた。

こうやってすっぽりと根元まで頬張られていると、なぜかすごく安心できる。満たされている気がする。

専太郎はこのままでもよかった。しかし、蓉子がゆっくりと唇をすべらせはじめた。

唇で適度な圧迫で肉棹を包み込みながら、根元から先端まで静かに大胆に唇を往復させる。むずむずするような搔痒感《そうようかん》が高まり、睾丸から熱いものがせりあがってくる。

思わず唸ると、蓉子が見あげてきた。

柔らかくウエーブした髪から切れ長の目をのぞかせて、まるで自分の愛撫が与えている効果を推《お》し量《はか》るような表情で、じっと観察してくる。

「これ以上されると、出てしまいそうです」

言うと、蓉子は肉棹を頬張ったまま、満足げに口角を引きあげ、ちゅるっと吐き出した。

それから、自らドレスを脱ぎ捨てて、窓に両手を突いて、腰を後ろに突きだしてくる。

立ちバックで入れてほしいのだろう。

専太郎は背中を押して、尻をあげさせて、双臀の谷間に勃起を押し当てた。

それをつかんで、ぬるっ、ぬるっと媚肉の狭間をさすると、

「あっ……あっ……ぁあああ、ちょうだい。ください……」

蓉子が腰を振って、せがんでくる。

専太郎は信じられないほどの角度でいきりたっている分身を押さえつけながら、腰を進めていく。すると、切っ先が膣口に押し入ったところで、何かに阻《はば》まれるように塞《せ》き止められた。

(どうしたんだ?)

もう一度入れ直してみる。今度も何か狭いところで切っ先が止められる。

「ゴメンなさい。しばらくしていないから……大丈夫。思い切って……」

蓉子が言う。

蓉子は長い間、セックスレスであった。オナニーはおそらくしているだろうが、膣派ではなく、クリトリスをいじって昇りつめるタイプであり、膣のなかに指やバイブを挿入していなかったのだろう。

「まさに、セカンドバージンですね」

「そうね、そう言ってもらえると……ああ、ちょうだい。思い切って」

蓉子が腰を後ろに突きだしてくる。

元々贅肉《ぜいにく》のつかないタイプなのだろう、三十八歳だというのに、ウエストはきれいにくびれていて、そこから発達したヒップが見事なまでにひろがっている。

その銀杏《いちょう》に似た形の尻をつかみ寄せて、さっきより強めに腰を突きだしていく。と、今度は、亀頭部が狭いところを突破していく確かな感触があった。

「うはっ……！」

蓉子がのけぞりながら、窓を強くつかんだ。まるで、バージンを奪われたように、「くっ」と奥歯を食いしばっている。

「おおぅ……！」

と、専太郎も唸っていた。あまりにも締めつけが強すぎたからだ。入口も内部もぎゅうっと収縮して、肉棹を締めつけてくる。

(今だけだ。慣れてくれれば、そのうち……)

専太郎は一瞬起こった射精感をやり過ごし、ゆったりと後ろから突いた。

「くっ……くっ……くっ……」

蓉子はつらそうに、くぐもった声を洩らしている。やはり、あまりにもひさしぶりで、膣に異物を挿入されるのがきついのだろう。

専太郎は抽送《ちゅうそう》をやめて、前に屈み、背中に張りつくようにして乳房をつかんだ。下を向いているせいか、いっそうふくらみのたわわさを感じる。

指が沈み込んでいくような弾力が指先に伝わってくる。だが、一点、硬くしこっているところがあった。

その突起を指腹でこねると、乳首がくりくりと転がるような感触があって、

「ぁああ、それいいの……いいの……乳首が弱いの」

蓉子が腰をくねらせた。

専太郎が乳首をいじりながら腰をつかうと、蓉子は顔をのけぞらせて、

「ぁああ、あああ……気持ちいい……うれしいの。すごく感じる。わたし、すごく感じてる」

蓉子が窓に映っている専太郎に、語りかけてくる。そのとろんとした幸せそうな表情がたまらなかった。

「蓉子さんは感じやすいんです。あそこもどんどん濡れて、すべりがよくなってきた。ああ、すごい締めつけだ。素晴らしいですよ」

専太郎は蓉子を褒める。ガイドをやるようになって、自然に身についたものだった。とくに、女性の参加者はどんな些細《ささい》なことでも褒めるに限る。

「ああ、小暮さん。あなたに頼んで正解だったわ。見込んだとおりよ。ぁああ、ねえ、突いて。わたしをメチャクチャにして。あの人のことを忘れさせて」

蓉子が窓のなかの専太郎を見て、言う。

あの人とはつまりご主人のことだろう。

「いいですよ。忘れて。そうら」

専太郎はふたたび上体を立て、くびれた腰をつかみ寄せて、強く腰を叩きつ

けた。すると、パチン、パチッと音が立って、

「あんっ……あんっ……あんっ……ぁあああ、いいの。響いてくる」

窓のなかで、蓉子が髪を振り乱して、眉根を寄せる。

（セクシーな顔をする）

もともと、ととのった美人なだけに、快楽に顔をゆがませる姿はまた格別だった。専太郎はもっと蓉子を悦ばせたくなって、猛烈に後ろから叩きつける。

だが──。ここで思わぬことが身に起こった。

射精しそうになったのだ。専太郎はもともとは遅漏気味だった。とくに歳をとってから、なかなか女体のなかには放てなくなっていた。だから、今回もそこにはそれなりの自信を持っていた。

しかし、きっと蓉子の膣の性能がよすぎるのだ。

膣自体は収縮力が強い。なのに、内部は熱く滾《たぎ》っていて、奥の扁桃腺《へんとうせん》に似たふくらみがうごめきながら、亀頭冠にからみついてくるのだ。

（これは、マズい……！）

蓉子の期待を裏切りたくはない。

しかし、このままでは蓉子を満足させる前に自分が放ってしまいそうだ。

かと言って、ここでストロークをゆるめるわけにはいかない。蓉子は明らかにイキたがっているのだ。

(どうしたらいい?)

ふと顔をあげたとき、大きな窓から夜の江ノ島が見えた。シーキャンドルと呼ばれる展望台が白い明かりに浮かびあがりながら、周囲に灯台としての光を放っている。

そうだ。ここは江ノ島の近くだった。と言うことは……。

(江ノ島の弁財天……あなたは夢のなかで、俺のセックスをしたいという願いを叶えてくれるとおっしゃった。それは叶えられました。しかし、このままでは相手を悦ばせそうにはありません。私に持続力をお与えください。そして、蓉子さんを絶頂に導くパワーをお与えください。頼みます……)

頭のなかで、江ノ島の弁財天に向かって、必死に祈願した。

その直後、体のなかに、琵琶の音が鳴り響いた。

この前、夢のなかで聞いたあの音だった。

ゆるいリズムで、旋律もゆるい。

だが、心の琴線をかき鳴らすような音が聞こえたとき、それまで感じていた歳ゆえの疲労感や、射精感が消えていき、体にパワーが漲ってきた。

(ああ、弁財天様……！)

専太郎には、以前に夢のなかに出てきた江ノ島の裸弁財天が、抱えた琵琶を右手のバチでかき鳴らしているその姿がはっきりと浮かんできた。

神々《こうごう》しくもエロチックでもある。

(ああ、私を助けてくれたんですね)

俄然元気が出てきた。後ろから腰をつかみ寄せて、つづけざまに打ち込んだ。

「あんっ、あんっ、あんっ……ぁあああ、すごい、すごい……響いてくるのよ。すごい、すごい……何なの、これ？　気持ち良すぎる……ぁあああ」

蓉子が窓を両手で引っ掻いて、がくん、がくんと膝を落とす。

「いいんですよ。イッて……いいんですよ」

「あんっ、あんっ、あんっ……イクわ。イク、イク、イッちゃう……！」

「そうら、イキなさい！」

専太郎が後ろから深いところに一撃を叩き込んだとき、

「……くっ……！」

蓉子がのけぞり返って、ガラスをつかみながらずるずると崩れ落ちていく。

床に座って、はあはあと息をしている。

だが、専太郎はまだ放っていなかった。

がっくりとなった蓉子を抱えあげて、ベッドに移動させた。

仰向《あおむ》けに寝かせ、自分もベッドにあがる。

「信じられない……まだ、出していないのね？」

蓉子が潤みきった瞳を、専太郎の下腹部に向けた。

「蓉子さんを満足させるまでは、出せませんよ。まだ、大丈夫ですね？」

「ええ……うれしいわ。こんなの初めてよ」

蓉子が嬉々として言う。おそらく、蓉子の女性器が名器すぎて、これまでの男はあっと言う間に絞り出されてしまっていたのだろう。

専太郎は膝をすくいあげて、蜜まみれのイチモツを翳りの底に埋め込んでいく。

「ぁああ……へんなの。入ってきたけだけで、イキそうなの」

蓉子がとろんとした目を向ける。

「まだまだこれからです。もっと気持ち良くなってください」

専太郎は女体に覆いかぶさっていき、乳房をつかんだ。たわわで形もいい乳房がまったりと指にまとわりついてくる。青い血管が透けでるほどに薄く張りつめた乳肌はじっとりと汗ばみ、揉むほどに形を変えて、

「ぁあああ、いいの、いいのよ……わたし、どうかしちゃったんだわ。ぁああ、そこ！」

乳首をこねると、蓉子は大きく顔をのけぞらせる。

カチンカチンになった突起を指で小刻みに弾き、背中を曲げてしゃぶりついた。

乳首を舐め転がし、もう一方の突起も指でかわいがると、乳首の感じる蓉子はもうどうしていいのかわからないといった様子で、

「ぁああ、ああああぅぅ」

右手の人差し指を口に当てて、顔をのけぞらせる。

良家の人妻風の品のいい顔が、今は快楽にゆがみ、すっきりした眉が八の字に折れている。かるく波打つさらさらの黒髪が枕に扇状に散っている。

専太郎は胸から顔をあげて、腕立て伏せの格好で打ち込む。

すると、蓉子はすらりとした足をM字に開いて、大きな乳房をぶるん、ぶるんと縦揺れさせて、

「あん、あんっ……ぁあああ、恥ずかしいわ、わたし、恥ずかしい！」

専太郎を潤みきった目で見た。

「何が恥ずかしいんですか？」

「だって、またイキそうなの。もう、イキそうなの」

「全然恥ずかしいことじゃありませんよ。いいんですよ、イッて」

「ああ、あなたも出して。私だけイクのは気が引けるわ」

蓉子がかわいいことを言う。

ならばと、専太郎は上体を立てて、蓉子の膝裏をつかんで押し広げながら、押しあげた。

専太郎が最後に放つときに好んでいる体位だった。おチンチンがスムーズに

奥のほうに届き、射精しやすいのだ。

足をM字に開かされて、蓉子は「ああ」と羞恥の声をあげて、顔をそむけた。この体位だと挿入しているところが丸見えだからだろう。

「行きますよ。そうら……」

専太郎は両膝の裏をつかんで押しあげながら、腰を叩きつけていく。

上から打ちおろしながら、途中でしゃくるようにすると、切っ先が膣の天井を擦りあげながら奥に届いて、ぐっと快感が高まる。

それは蓉子も同じようで、片手の人差し指を噛み、もう一方の手でシーツを鷲づかみにして、

「これ、すごいわ……気が遠くなる。ねえ、イクわ。イクの。イッちゃう！」

蓉子が下から見あげてくる。その目はすでに霞がかかったようにぼぅとして涙ぐんでいるようにも見える。

「いいですよ。私も出します。いいんですね？」

「はい……ちょうだい。今日は大丈夫だから……なかに、なかにちょうだい……欲しいの。欲しい！」

専太郎は徐々にストロークのピッチをあげ、振幅も大きくしていく。

そのとき、また体のなかに琵琶の音が鳴り響いた。

今度はさっきより激しい。リズムも早く、旋律も激しく、その琵琶の音に背中を押されるように、専太郎も高まっていく。

強く速く腰をつかうと、蓉子が切羽詰まってきた。

「あん、あん、あんっ……ぁあああ、おかしいの。わたし、おかしくなってる……イクわ、イ、イッちゃう……！」

「いいんですよ」

専太郎は高まる琵琶の音に調子を合わせるようにして、激しく腰を叩きつけた。甘い快感がひろがってきている。もう、時間の問題だった。

「ぁああ、ぁあああ……いいのよ、いいの……あああ、来るわ。来る……ちょうだい……やぁああああああああぁぁぁ！」

蓉子が嬌声《きょうせい》を張りあげて、のけぞりかえった。

駄目押しとばかりにもう一太刀浴びせたとき、専太郎も至福に押しあげられた。すさまじい勢いで男液が噴出している。

脳味噌がぐずぐずになるような快感が体を貫いていき、専太郎はその快楽をもっと味わおうと下腹部をこれ以上は無理というところまでくっつける。

射精がつづく間、蓉子は思い出したように痙攣《けいれん》していたが、やがて、ぐったりとして動かなくなった。

専太郎は結合を外して、すぐ隣にごろんと横になる。

もう、琵琶の音は聞こえてこない。代わりに聞こえてくるのは、湘南海岸に押し寄せては引いていく波の音だけだった。

第二章　ギターを弾く弁財天

1

数日後、専太郎は江ノ島に来ていた。

今日はガイドの仕事がなく、暇であった。それで先日の葉月蓉子との情事のお礼を弁財天にしたかったからだ。

江ノ島の駐車場に車を停めて、賑わう仲見世通りを歩き、階段をあがっていき、まずは辺津宮《へつみや》に参拝をし、同じ境内にある奉安殿に向かう。

赤に白地で『江島弁財天』と書かれたノボリが立ち並んでいるお堂は、弁天堂とも呼ばれて、二体の弁天様が祀《まつ》ってある。

そのうちのひとつが、裸弁財天とも呼ばれる弁天様で、名前の通りに裸であり、乳房や乳首まであらわで、琵琶を弾いている。しかも、白塗りなので、不謹慎な言い方をすればとてもエロチックな弁天様である。

専太郎の夢に出てきたのもこの弁財天だった。

専太郎はその前で立ち止まり、手を合わせて、

『葉月蓉子さんとの件はありがとうございました。お蔭様で、ひさしぶりに女性を抱くことができました。弁天様のお蔭です。これからもよろしくお願いいたします』

心のなかでお礼を言った。

それから、弁天堂を出て、のぼっていき、中津宮《なかつみや》と奥津宮《おくつみや》に参拝して、岩屋のほうに急階段を降りていく。

専太郎は江ノ島を訪れたときには、必ずこのパワースポットの洞窟に立ち寄ることにしている。何か超自然のパワーを感じるからだ。

岩屋の神聖な空気に身を洗われて、洞窟を出たところで、若い女の子がうずくまっていた。

デニムのジャケットをはおって、ミニスカートを穿いているが、背中にはギターケースのようなものを背負っている。

「大丈夫ですか？」

心配になって声をかけると、女が振り向いた。

専太郎はドギマギしてしまった。とてもかわいかったからだ。

若い。まだ二十代前半だろう。ロングボブの髪は乱れているが、ぱっちりとした大きな目が印象的で、容貌だけなら、芸能人になれるのではないかと思うほどだ。

だが、顔色は青白く、表情に生気が感じられない。

専太郎は困っている人を放っておけない性分《しょうぶん》である。

「どうしました？　どこか、具合が悪いですか？」

屈み込んで、ジャケットの肩に手をかける。と、女がまさかのことを言った。

「す、すみません……お、お腹が空きすぎて……」

「えっ……？　お腹が空いてるんですか？」

「ええ……恥ずかしい話なんですが、昨日から何も食べていなくて」

そう訴える女の声は確かに弱々しい。

「お金がないの？」

確認すると、女がうなずいて、恥ずかしそうに専太郎を見た。

とても色が白い。それに大きな目は目尻がスッと切れている。口はやや大きめで、唇が赤く色づいていてセクシーでもある。専太郎はこの子をどうにかして助けてあげようと思った。

「じゃあ、ご飯をご馳走するよ。階段をあがっていく途中で食堂があるから、そこまで歩ける？」

「うれしいですけど……でも、そんなことをしていただいては……」

「平気だよ。別に、ご馳走したからと言って、きみに何かしようってわけじゃない。そうか、俺が何者か不安なんだね」

専太郎はポケットから観光協会のガイドの名刺を出して、女に手渡した。

「ガイドをしていらっしゃるんですか？」

専太郎はうなずいて、「怪しい者じゃないから」と付け加える。

女が自己紹介した。

「わたしは……吉田祥子《よしだしょうこ》と言って、その、何て言ったらいいのか、ミュージシャンを目指していて……全然売れていませんけど、今も時々ライブハウスなんかで歌わせてもらっています」

「そうか……ミュージシャン志望だから、お金がないのか」

「バイトもしてるんですけど、この前、ギターを新しく買ったら、なくなってしまって……」

「ああ、このギターだね？」

「はい……すみません」

「いいんだよ。事情はわかった。よし、ちょっと頑張れ。食堂に行こう」

「でも……申し訳ないです」

「いいんだ。俺もちょうど腹が減っていてね。途中の食堂で食べようと思っていたところだ。ついでだから、奢るよ……さあ、行こう」

祥子を立たせた。

祥子は小柄で、せいぜい身長は百五十五センチといったところだろう。贅肉のないタイプだが、胸だけはかなり大きくて、さっき腋《わき》の下に手を入れて立たせたとき、ぶわわんとした豊かな胸のふくらみが伝わってきた。

「すみません。大丈夫です。何とか自分で歩けそうです」

「心配だから、先に歩いて」

「わかりました」

専太郎は畳のように平らに浸食された岩に、波が押し寄せるのを横目に見ながら、石段をあがっていく。

ちょっと距離を取っているから、見あげると祥子の後ろ姿が目に飛び込んでくる。祥子は背中にギターケースを背負って、よいしょ、よいしょとばかりに力を振り絞って、急な石段をのぼっていく。

デニムのスカートが膝上の短いものなので、肌色のパンティストッキングに包まれた太腿《ふともも》がかなり際どいところまでのぞいてしまっている。もう少しで下着まで見えそうだが、ぎりぎりのところで見えない。

太腿は意外にむっちりとして肉感的だが、膝から下はとても細い。

祥子はやはり空腹がこたえているのだろう、途中で休み休みして、ようやく目的の食堂にたどりついた。

外の見える窓側のテーブルに陣取り、祥子が食べたいものを注文した。江ノ島名物のハマグリやイカ、シラス丼などを祥子は次々と口に放り込んで、美味しそうに食べる。

こんな小柄な身体のどこに入っていくのかと不思議なほどの量を食べ終えて、祥子はようやく満足したのか、フーッと息を吐き、

「ご馳走様でした。すごく美味しかったです」

専太郎を見る。

やはりかわいい。ジーンズのジャケットを脱いでいたが、白いタイトフィットのニットを着ているので、大きな胸のふくらみが強調されている。

容姿もそうだが、全身からキュートなオーラのようなものがあふれていて、人前で歌うために生まれてきた、特別な女の子なんだという気がした。

人心地がついたところで、祥子の経歴を訊いた。

祥子は一年前に大学を卒業して、就職せずにミュージシャンの道を目指している二十三歳で、今も自分で作詞作曲をしているのだと言う。

「吉田祥子って本名なんですが、ミュージシャンとしての芸名とかつけたほうがいいと思いますか？」

祥子が漢字を教えてくれて、かわいく小首を傾げた。小顔だが、目鼻立ちが

しっかりしていて、ついつい見とれてしまう。

「いい名前だと思うけど」

「そうかな？」

「ああ……祥子という名前は好きだな」

そう答えたとき、うんっと思った。何かに似ている。そうか……！

(吉祥天女《きっしょうてんにょ》だ)

吉と祥という漢字が重なっている。

(待てよ。確か、弁財天が日本でひろめられたときに、吉祥天女が混ざって、今の弁財天ができあがったはずだが……)

琵琶の代わりにギターか……。それに、ついさっき弁財天に参拝したばかりである。

(もしかして、弁天様がこの子に姿を借りて、出てきたか？)

いや、まさか。たんなる偶然だろう。考えすぎた。

しかし、気になる。祥子に訊いてみた。

「祥子ちゃんは、よく江島神社に来るのかい？」

「はい、よく来ます。おわかりでしょうけど、江ノ島の弁財天って日本三大弁財天のひとつでしょ？　で、弁財天って芸能や音楽の神様じゃないですか？　それに……わたし、家が近いんです」

「そうなの？」

「はい……茅ヶ崎に部屋を借りているんです」

「ああ、なるほど……」

ミュージシャン志望者が茅ヶ崎に住むのは、何となくわかる。

「あの、小暮さんはガイドをいつはじめられたんですか？」

祥子が訊いてくる。

専太郎は会社勤めをしていたが、五年前に長年連れ添った妻を亡くしたこともあって、三年前に会社を辞めた。しばらくぼうっとしていたが、体を動かしたくなって去年から鎌倉のボランティア・ガイドをはじめたという話をした。

「ガイドは楽しそうですね」

「まあね、やってよかったと思っているよ」

「失礼ですが、お住まいは？」

「ああ、北鎌倉の古い家にひとりで住んでるよ。子供ももう巣立っているからね。だから、動いていたほうが気が紛れるんだ。まだ五十三歳だから、大病を患わなければあと三十年近く生きなきゃいけない。何かしていないと、とても持たないよ」

専太郎は笑って、寂しさをごまかす。

すると、突然、祥子が提案してきた。

「あの……もしよかったら、わたしの歌を聞いてもらえませんか？　感想を聞きたいし、それに……歌でお礼をしたいんです」

「……ううん、それはありがたい話だけど……」

「何なら、このへんで歌いますが……」

「いや、それはダメだよ。そうだな……俺の家なら、隣とは離れているから大丈夫だとは思うけどね。車で来ているから、すぐだよ」

専太郎はついついそう誘っていた。

せっかく歌を聞かせてくれると言うし、専太郎もこの子ともう少し一緒にいられたら、と感じていた。要するに、好意を持ったのだ。

「お家に行ってもいいんですか？」

「ああ、きみのようにかわいい子なら、むしろ、来てほしいよ」

「じゃあ、行きます」

祥子が破顔した。笑うと白い歯が見え、片笑窪《かたえくぼ》ができて、若々しい魅力が弾ける。

「じゃあ、そうしようか……出よう」

専太郎が腰を浮かすと、祥子も立ちあがって、ジャケットをはおり、ギターを背負った。

2

愛車の４ＷＤの助手席に祥子を乗せて、北鎌倉の家に到着したのは三十分後だった。

メインストリートから外れたところにある木造の二階家は父が建てたもので、途中で修繕をしたものの、やはり古さは否《いな》めない。だが、ここ鎌倉ではその古さがかえって馴染んでいる。

小さな庭に面したリビングのソファに座って、祥子はギターを抱えてチューニングをしている。

専太郎はひとり用の肘掛け椅子に座って、その様子を眺めていた。

祥子は足を組んでいるので、ミニスカートの裾からむっちりとした太腿がこぼれている。白いニットに包まれた胸のふくらみにギターが当たっていて、ドギマギしてしまう。

「では、はじめますね。自信作なんです。タイトルは『赤い糸の唄』です」

祥子がギターの前奏をはじめた。静かな曲である。

歌いはじめた。どうやら、タイトル通りにラブソングらしい。

声が澄んでいて、想像以上に魅力的だ。聞きやすく、かわいい声なのに、芯が一本通っていて、ついつい聞き入ってしまう。

静かな曲がサビに入って激しくなってきた。

（おっ、けっこう情熱的なサビじゃないか！）

祥子がギターをかき鳴らしながら、声を張りあげてサビを歌いあげている。

（ああ、やはりいい女だ。抱きしめたくなる）

そう感じたとき、股間のものがむくむくと頭を擡《もた》げてきた。

祥子は足を組んでいるせいで、太腿の外側がほとんど見えてしまっているし、ギターが大きな胸のふくらみに押しつけられている。曲もラブソングだ。

しかし、いくら何でも勃起させてはマズいだろう。

せっかく祥子がお礼にと自分で作った曲を披露してくれているのに、股間をふくらませているようでは、あまりにも不謹慎すぎる。

だが、分身はどんどん怒張し、これはマズいと足を組んで、股間に手を置いてエレクトを隠した。

不思議なことにサビを過ぎると、勃起が少しおさまった。

（よしよし、これなら……）

祥子の弾き語りをする姿と、美しくも情熱的な歌に聞き入った。

だが、二番がまたサビに入ると、分身が力を漲らせて、外から見てもそれとわかるほどにズボンを持ちあげてしまう。

祥子がこちらを向いたとき、視線が一瞬、専太郎の股間に落ちた。手で隠してはいるが、そこは明らかにテントを張っている。

祥子の表情がハッとしたようにこわばった。

ギター演奏が乱れて、歌声も音程が外れた。

専太郎はあわてて股間を完全に隠す。

祥子は視線をあげて、三番の歌詞にかかった。

静かで、透明感のある歌声である。その声がやや乱れてきている。

ギターを弾きながら、太腿をぎゅうとよじったり、反対にゆるめたりしている。

(祥子ちゃんも感じているのか？)

専太郎はちらちらと祥子を見る。二人の間に、淫靡な雰囲気が流れた。

そして、歌が三番のサビにかかり、祥子がさっきよりもいっそう情熱的に歌いあげたとき、専太郎のイチモツは手では覆いきれないほどにエレクトした。

見ると、祥子の視線が専太郎の股間に完全に落ちている。

サビを歌いあげるその顔が明らかに上気している。

(祥子も興味を持っているんだな。ええい、こうしてやる)

専太郎は思い切って足を直角ほどに開いた。

ズボンを勃起がすごい角度で持ちあげているのが、丸見えである。

祥子が気持ちを昂《たかぶ》らせているのがわかる。もう股間から目が離せないといった様子だ。

どうにか最後まで歌い終えた祥子がギターを置いて、立ちあがり、ふらふらとこちらに向かっていた。

専太郎の前にひざまずき、開いた太腿に手を添えて、見あげてくる。

「ゴメン……ステキな歌だった。ステキすぎて、ここが大きくなった」

言い訳をすると、祥子がにこっとした。

「うれしいんです。わたしの歌でこんなにしてもらって……そんなに感じましたか？」

大きな目を向けて、かわいく小首を傾げる。ロンクボブの髪がさらっと垂れ落ちて、顔を少し隠す。

「ああ……すごく感じた。こんな言い方はあれだけど、祥子ちゃんを抱きたくなった」

「うれしいです」

祥子がズボン越しに太腿を撫であげ、股間に顔を寄せてきた。テントを張っているそこに頬擦りする。片方の頬をずりずりとなすりつけながら、太腿をさすってくる。

「ダメだよ、そんなことをされたら……ほんとうに、ダメだって」

そう言いながらも、専太郎の言葉には実感がこもっていない。

「お礼です。岩屋の前で倒れていたわたしを助けてくださった。それに、わたしの歌でこんなになったんだから、最後まで面倒を見させてください」

まさかのことを言って、祥子が見あげてきた。

大きいが目尻の切れあがった目が、霞がかかったようにぼぅとしている。

祥子が顔を伏せて、勃起をズボンの上から鼻でツンツンしてきた。

「おっ、あっ……」

快感に唸ると、祥子は肉棹の形に沿って、手で下からなぞりあげてきた。ズボン越しに勃起をゆるゆるとさすってくる。

さっきまでギターを爪弾いていたそのしなやかで細い指が、専太郎のイチモツをしごいている。

分身がますますギンとしてきて、ズボンに押さえつけられていることがつらいほどになった。すると、それを見抜いたように、祥子の手がズボンにかかった。

ベルトをゆるめ、ズボンを引きおろすので、専太郎は尻を浮かせてそれを助けた。

ズボンが足元から抜き取られ、鋭角に持ちあがったブリーフが目に飛び込んできた。

それを見て、祥子が「ふふっ」と微笑んだ。

太腿からなぞりあげてきて、ブリーフの上から勃起にキスをしてくる。ちゅっ、ちゅっと唇を押しつけ、ブリーフの脇から右手をすべり込ませてきた。

いきりたつものをおずおずと握って、ゆるやかにしごいてくる。

そうしながら、ブリーフ越しについばむようなキスを浴びせてくる。

「うおおっ……くっ……くっ……」

あまりの気持ち良さに、専太郎の足は突っ張ってしまう。

と、祥子はブリーフ越しにイチモツに舌を走らせながら、脇から潜り込ませた指でそれを握りしごく。

さらさらのロングボブの髪が垂れ落ちて、顔を半ば隠している。時々、様子をうかがうように専太郎を見あげる目は目尻がさがっていて、いっそう愛らしい。

祥子が顔をあげて、ブリーフをおろしていく。

足先から抜き取られると、自分でも誇らしく思うほどの角度でイチモツがそそりたっていた。

ちらりとそれを見て、祥子がうれしそうに微笑んだ。それから、そっと茎胴を握りしめ、ゆったりとしごきながら、先端にキスをしてくる。

ちゅっ、ちゅっと亀頭部に唇を押しつけられ、尿道口を舌先でくすぐられて、

「くくくっ……！」

峻烈《しゅんれつ》な快感に、専太郎は顔をのけぞらせる。

それを見た祥子が、裏筋を舐めてきた。

イチモツを腹に押しつけて裏をさらし、裏筋にツーッ、ツーッと舌を走らせ

る。そして、亀頭冠の真裏の包皮小帯を丹念に舐めてくる。

専太郎は昂奮していた。

清純だと思っていた祥子が、ためらうことなく専太郎の裏筋を舐めている。しかも、二人は今日逢ったばかりなのだ。逢ってまだ数時間しか経過していない。なのに、祥子は心を許し、一生懸命にイチモツにご奉仕をしてくれる。

(これも、やはり、さっき弁財天に参拝した御利益か?)

この歌手志望の可憐な女の名前は、吉田祥子だと言う。

まさに、吉祥天女、つまり弁天様が祥子の身体を借りて、姿を現したのではないか?

などと想像を巡らせている間にも、祥子は裏筋を舐めあげてきて、そのまま上から頬張ってきた。

やや大きめのぷっくりした唇が心地よすぎた。

祥子は下を向いて、ゆったりと顔を打ち振る。そのたびに、柔らかで肉厚の唇が勃起の表面を適度な圧力でもってすべっていき、専太郎はたちまち追い込まれた。

（おかしい！　俺はむしろ遅漏《ちろう》のはずなんだが……）

さっきギターの絃を器用に爪弾いていたしなやかな指が、根元を強めに握って、ぎゅっ、ぎゅっとしごいてくる。

そうしながら、余った部分に唇をかぶせて、カリの裏側の敏感な部分を巧みにさすってくる。

別に変わったことをしているわけではない。だが、その力加減が絶妙で、専太郎は一気に追い込まれる。

「ちょっと、ダメだ。出てしまうよ」

思わず訴えた。すると、祥子はいったん吐き出して、髪をかきあげながら、専太郎を見て言った。

「出していいですよ」

「いや、しかし、それでは……」

すでに五十路を過ぎているのだ。一回射精してしまったら、回復する自信がない。

「大丈夫です。わたしがまた大きくしてあげます。だから、出してください。

お口に出すのって気持ちいいでしょ？」

祥子は専太郎の心を見透かしたように言って、また唇をかぶせてきた。

根元を握りしごきながら、素早く唇をすべらせる。

と、射精前に感じるツーンとした快感が込みあげてきた。甘い陶酔感が我慢できないものにふくれあがっている。

「おっ、くっ……出るぞ。ほんとうに出る……いいのか、出していいのか？」

訊くと、祥子は目でうなずき、いっそう活発に動いた。

根元のほうをS字を描くようにしごかれ、先端を吸われると、もうダメだった。

「おおぅ……出るぞ、出る！」

「んっ、んっ、んっ……」

祥子がかわいい声を洩らしながら、素早く口と手を動かした。

ぐいと絞り出すようにしごかれたとき、こらえていたものが雪崩《なだれ》を起こしたように一気に押し流されて、熱いものが噴出した。

「あああ……！」

天井を見あげながら、射精の快楽にひたった。

女の口に出すのは、膣に放出するのとはまた違った悦びがある。

専太郎は腰を前に突きだして、口内射精の快楽に酔いしれる。

祥子はあふれでる男液を、うっとりと眉根をひろげて、受け止めている。口に溜めるのではなく、こくっ、こくっと呑んでいるのがわかる。

こういうのをまさに、羽化登仙《うかとうせん》の心境と言うのだろう。

出し尽くして肉棹を引き抜くと、祥子はぐふっ、ぐふっと少し噎《む》せながら、呑みきれずに口角に付着した白濁液を指で拭った。

3

寝室のベッドに、専太郎は仰向けに寝ていた。

暖房が効いていて、部屋は暖かい。

そして、黒いスリップ姿の祥子が上から覆いかぶさるように、胸板にキスをしている。

専太郎はすでに口内射精している。だから、回復するかどうか不安ではある。それでも、黒いショートスリップをつけたかわいらしくて、なおかつエロチックな祥子に胸板を愛撫されると、いったんおさまっていた性欲がまたむくむくと頭を擡《もた》げてきた。

（天使のように可憐なのに、すごくエッチだ。まさか、ほんとうに弁財天の生まれ変わりじゃないだろうな？）

ちらちらと祥子をうかがう。

祥子は専太郎の乳首に舌を這わせている。よく動く舌でちろちろと乳首を刺激されると、いつもはそれほど感じないはずの乳首からぞわっとした快美感がひろがってきた。

祥子は下を向いているので、光沢のあるスリップの襟元にゆとりができて、そこから、下を向いた円錐形の乳房がのぞいている。

おそらくノーブラだったのだろう。どうりで、白いニットの胸の先にぽちっとしたものが突きだしていたはずだ。

祥子は胸板から下へ下へと顔をおろしていく。

専太郎の肌にキスを繰り返したり、舐めたりしながら、両手で体を撫でてくれている。その温かい手が触れるところから、ぞくっとした電流にも似た快美感がひろがる。

祥子の顔が下腹部に届いた。

専太郎の分身はやや大きくなっているが完全勃起とまでは行かず、陰毛の草むらからかろうじて頭を擡げている。

そのイチモツを祥子の指がとらえた。根元をつかんで強く振るので、それがしなりながら太腿と腹部に当たって、ぺちぺちと滑稽な音を立てる。

それを繰り返されるうちに、分身に力が漲ってきた。

強く振られるたびに、イチモツが加速度的に硬く、大きくなった。

充分に力を漲らせたイチモツを、祥子が舐めてきた。

裏筋をツーッと舌でなぞりあげ、亀頭冠の真裏をちろちろとあやされると、性欲に完全に火が点いた。

こうなると、専太郎も祥子の女の中心を確かめたくなる。

「祥子ちゃん、悪いがお尻をこちらに向けてくれないか？　きみのあそこをかわいがりたい」

「……いいです、そんなこと……」

祥子が恥ずかしがる。

「そうしたいんだ。頼むよ」

哀願すると、祥子が尻をこちらに向けて、専太郎の上半身をおずおずとまたいでくる。

黒いスリップは裾が短いので、四つん這いの形になると、台形に伸びたむっちりとした太腿の裏側がのぞき、かわいい尻もほぼ見えてしまう。

その尻たぶの底に、こぶりだが、ぷっくりと充実した女の秘苑が愛らしい姿を見せていた。

(やけにかわいく見えるな……。うんっ、陰毛がないじゃないか!)

何と、祥子の恥丘はつるっとして、まったく陰毛が生えていなかった。

つまり、パイパンだった。

専太郎の驚きに気づいたのだろう、祥子が言った。

「びっくりしたでしょ?　わたし、そこを脱毛しているから……最近の若い女の子にはけっこういるんですよ、完全脱毛している子が」

「ああ、そういうことか……びっくりしたよ。でも、なんかすごくエロチックだよ」

「そうですか？」

「ああ、すごくそそられるよ」

「よかった……」

パイパンの女性など初めてだった。その分、興味も湧くし、かきたてられるものがある。

「あまり見ないでください……恥ずかしいわ」

そう言って、祥子が下腹部の肉柱を舐めてきた。ぬるっ、ぬるっと舌を這いあがらせ、唾液まみれの肉柱を上から頬張ってくる。

その甘く蕩《とろ》けるような陶酔感のなかで、専太郎は顔を持ちあげる。

ヒップの底に息づいているぷっくりと割れた肉びらの狭間には、すでに愛蜜があふれていて、きらきらと光っている。

（こんなに濡らして……）

尻たぶをひろげると陰唇も開いて、鮮やかなピンクの粘膜がぬっと現れる。

「くっ……！」

祥子が肉棹を頬張ったまま、くいっと腰をひねった。

かまわず、専太郎は狭間に舌を走らせる。ぬるぬると舌がすべって、粘膜をとらえ、

「くっ……！」

祥子が肉棹を頬張ったまま、呻いた。

専太郎はここぞとばかりに舌をつかう。くっきりと割れた狭間を舐め、その外側にも舌を走らせる。本来なら生えているべき恥毛がまるでないから、つるっ、つるっと舌がすべる。そして、祥子は、

「んっ……んっ……！」

肉棹を口におさめたまま、びくっ、びくっと震える。

想像以上に敏感である。陰毛が抜かれていて、邪魔物がないから感度が良くなるのだろうか？

専太郎は陰唇を舐め、さらには、狭間の膣口にも舌を走らせる。こんなかわ

いい女の子に、膣がついていることが不思議でしょうがない。しかも、H字型の膣口は舐めるほどにひろがって、内部から透明な蜜をあふれさせる。

小さな膣口に舌を押し込みながら、ちろちろと刺激すると、祥子はもうどうしていいのかわからないといった様子で腰をくねらせる。

さっきまで唇をすべらせていたのに、今はもう感じすぎてできないのだろう。ただただ肉棹を頬張ったままになっている。

専太郎は浅瀬を舌でうがちながら、笹舟形の下方でせりだしている小さな突起を指であやした。

滲みだしている愛蜜を塗りつけながら転がすようにすると、

「んっ……んっ……！」

祥子がびくっ、びくっと腰を躍らせる。

やはり、クリトリスがいちばん感じるらしい。専太郎は尻を持ちあげて、肉芽に舌を走らせる。ちろちろと舌先で刺激すると、珊瑚色の突起が明らかに硬くなってきた。

祥子はさかんに尻を振っていたが、とうとう咥《くわ》えられなくなったのか、肉棹を吐き出して、

「ぁあああ……ぁあああうぅ……」

と、背中をしならせ、顔をのけぞらせる。

「ここが感じるんだね？」

「はい……そこが感じます……ぁあああ」

祥子はがくん、がくんと腰を震わせながら、肉棹をぎゅうと握りしめる。

そして、言った。

「これを、これを入れていいですか？」

「もちろん。自分でしてくれるの？」

「はい……」

祥子は腰を浮かし、いったん立ちあがって、黒いスリップを脱いだ。一糸まとわぬ姿になると、向かい合う形で専太郎の下半身にまたがってきた。

足をM字に開いて、いきりたつものをつかんで、太腿の奥に擦りつける。

下腹部にはあるべき陰毛がなくて、亀頭部がぷっくりとした少女のような割

れ目をなぞっていく姿がまともに目に飛び込んでくる。

祥子が亀頭部を押し当てて、静かに沈み込んできた。

切っ先がとても窮屈な膣口を押し広げていく確かな感触があった。祥子は肉棹から手を離して、

「ぁあああうぅぅ……！」

上体をまっすぐに立て、のけぞった。

専太郎も奥歯を食いしばらなければならなかった。それほどに、祥子の体内は緊縮力が強く、おまけに熱く滾っていた。

（ああ、これは……！）

専太郎は何か神々しくも蕩けきったものに包まれている気がした。

祥子が静かに腰を振りはじめた。

両膝をぺたんとついて、腰から下をゆるやかに大きく揺すって、

「ぁああぁ、ぁあああ……」

と、のけぞりながら気持ち良さそうに眉根を寄せる。

専太郎はこれが現実であるという実感がない。ついさっき逢ったばかりの、

こんなにかわいい女の子と繋がっている。しかも、女の方が腰を振っているのだ。そして、この肉体はどうだ！

小柄でスレンダーだが、こんもりとした乳房は抜けるように色白で、しかもグレープフルーツのように大きくて。形もいい。

そのうえ、肉棹が嵌まり込んでいる女の秘苑には一本も繊毛が生えていないのだ。陰唇の間に勃起が深々と嵌《は》まり込んでいるのが、まともに見える。

専太郎は感動した。

先日、ひさしぶりに女性を抱いて、セックスを思い出しかけていたのだが、こうして祥子を相手にする僥倖《ぎょうこう》に恵まれて、完全に往時に戻ったようだ。

祥子がスクワットでもするように、腰を縦に振りはじめた。専太郎の上で飛び跳ねるようにして、腰を上下に振り、

「あんっ、あんっ、あんっ……」

甲高《かんだか》い声をあげる。

たわわで形のいい乳房が縦に揺れて、M字に開いた太腿の無毛の花園に、いきりたつものが埋まったり、出たりするのがよく見える。

専太郎も自分から何かしてあげたくなって、祥子の腰に両手を添えて、動きを助ける。腰を持ちあげてやって、下から突きあげてやる。

蹲踞《そんきょ》の姿勢になった祥子を下から撥《は》ねあげると、屹立《きつりつ》がぐさっ、ぐさっと熱い蜜壺を突きあげていき、

「あんっ……あんっ……あんっ……ぁあああ、気持ちいい。気持ちいい……ぁあああ、くっ……」

祥子はがくがくっと震えながら、前に突っ伏してきた。

4

前に倒れてきた祥子の背中と腰に手をまわして、抱き寄せる。

祥子の肉体は想像以上にしなやかで、しかも、柔らかな肉感に満ちていて、弁天堂に鎮座している裸弁財天を抱いているような錯覚に陥った。

抱きしめながら、膝を曲げて突きあげると、肉棹が斜め上方に向かって、膣の細道をうがっていき、

「んっ……んっ……んっ……ぁああ、気持ちいいよぉ」

祥子がかわいく言って、しがみついてくる。

そういった可憐な所作《しょさ》や声とは裏腹に、祥子の膣はとろとろに蕩けていて、うごめきながらからみついてくる。その落差が専太郎を昂揚させる。

腰の動きを止めると、祥子は自分から唇を求め、キスをしながら、もどかしそうに腰を振る。

祥子の唇はこの世のものとは思えないほどに柔らかく、ぷるるんとしている。

そのとき、祥子の舌が口腔に忍び込んできた。

ねっとりとした唾液まみれの肉片が口腔をぬるぬると這いまわり、熱い吐息がこぼれる。容姿とは裏腹に、粘っこく淫らな舌づかいが専太郎を恍惚《こうこつ》とさせる。

予想を超えた情熱的なキスに舞いあがりながら、下から腰を撥ねあげてやると、祥子はキスをしていられなくなったのか、唇を離して、

「あんっ、あんっ、あんっ……」

愛らしい喘ぎをスタッカートさせる。

もっと感じさせたくなって、専太郎は祥子の胸をつかんだ。

小柄なのに乳房は充実していて、たわわなふくらみが指にまとわりついてくる。揉むと、指の下で大きなふくらみが形を変え、

「ぁああ、感じる。それ、感じます」

祥子が上体をのけぞらせる。

専太郎はふくらみの中心で硬くせりだしている突起を指でこねる。祥子の乳首は乳暈《にゅううん》と同様に濃いピンクにぬめ光っていて、それを指腹に挟んで転がすと、

「くっ……くっ……」

祥子はびくん、びくんと震えて、「ああ」と心から感じている声を放った。

専太郎は胸のなかに顔を埋め込む。

目の前に、ミルクを溶け込ませたような白いふくらみがあって、中心よりやや上にまだ初々《うい》しい乳首が痛ましいほどに飛びだしていた。しかも、濃いピンクの乳暈には星型に粒々が浮きだしていて、その形をとても神々しく感じてしまう。

乳首を吸った。口に含んでチューッと吸い込むと、

「ぁあああ……！」

祥子が一段と激しく喘いで、顔をのけぞらせた。

吐き出して、今度は舐める。

乳房をつかんで揉みながら、先端にちろちろと舌をからませる。いっそう硬くなった突起を舌で上下になぞり、速いリズムで左右に撥ねる。すると、これがいいのか、祥子の膣がぎゅ、ぎゅっと専太郎のイチモツを締めあげてきて、

「ぁあああ……感じる。感じます。くっ、くっ……」

祥子ががくん、がくんと揺れる。

二十三歳のミュージシャンのタマゴが、ととのった顔をゆがめて、性の悦びを貪ろうとする。そのことが、専太郎をいっそう昂らせる。

左右の乳首を舐め転がすと、祥子は何かに突き動かされるように腰を揺すり、専太郎のイチモツを締めつけてくる。

なかで何かがうごめいている。肉棹をきゅいきゅいっと内側に手繰り寄せるような動きをする。

「くっ……！」

専太郎は奥歯を食いしばって、暴発をこらえた。口内射精していなければ、きっと放っていただろう。それほどに強烈なうごめきだった。

しかし、このままではまた射精しかねない。

専太郎は祥子を抱き寄せて、ごろりと横にまわり、側臥位《そくがい》の体位を取る。

祥子の片足を持ちあげて、向かい合った姿勢で腰をつかうと、勃起が祥子の体内を突いて、

「あんっ、あん、あんっ……」

横臥《おうが》した状態で、祥子が顔をのけぞらせる。

専太郎はそこからもう半回転して、自分が上になる。

上体を立てて、祥子の膝裏をつかんで開かせながら、ぐいと押さえつける。

すると、祥子の足がM字に開き、腰も浮き気味になって、結合が深まった。

その状態で腰をつかうと、祥子は両手を彷徨《さまよ》わせて、

「あんっ、あんっ、あんっ……ぁあああ、小暮さん、わたしもう……」

「もう、どうした？」

「いいの。良すぎるの……こんなに感じたの、初めて」

祥子が潤みきった瞳を向ける。ロングボブの髪が乱れて、額に張りついている。すっきりした眉を八の字に折って、今にも泣きだされんばかりの哀切な表情で見あげてくる。

「いいんだぞ、もっと気持ち良くなって」

「そうなの？　もっと気持ち良くなっていいの？」

「いいんだ」

専太郎はまた打ち込みを開始する。膝裏をつかんで膝が腹につかんばかりに押さえつけて、打ちおろし、途中からしゃくりあげる。

すると、熱く滾った蜜の壺を切っ先が擦りあげていき、祥子は両手でシーツを鷲づかみにして、

「ぁあああ、わたし、怖い……怖いの……」

不安そうに顔を左右に振る。

「いいんだ。もっと気持ち良くなって」

専太郎は打ち込んでいき、下腹部を無毛の恥丘にぴったりと密着させ、その

状態で腰をまわす。すると、奥に届いている亀頭部が柔らかなふくらみをぐりぐりとこねて、それがいいのか、

「ぁあぁ、これ……！」

祥子が顎をせりあげて、仄白い喉元をいっぱいにさらす。

専太郎がさらに腰をグラインドさせて奥のほうをこねると、祥子は切羽詰まった様子で顔を左右に振りたくっていたが、ついには、

「ぁあぁ、ダメっ……イクかもしれない。わたし、イクかもしれない……抱いて。祥子をぎゅっと抱いてください」

泣き顔で訴えてくる。

ならばと、専太郎は膝を放して、祥子に覆いかぶさっていく。

右手を肩口からまわし込んで、小柄な肢体をぎゅうと抱き寄せると、祥子がしがみついてくる。そして、専太郎の耳元に囁いた。

「じつは、わたし、ちゃんとイッたことがないの」

「そうなの？」

「はい……だから、きちんとイカせてください」

「わかった」

祥子が弁財天の生まれ変わりだとしたら、そんなことは絶対にないだろうから、思い過ごしだったのだろう。

当たり前だ。いくら、タイミングよく岩屋の出口でうずくまっていたとしても、そんなのは偶然の産物だ。

気持ちを新たにして、専太郎はキスをして、祥子の不安を取り払う。

最近の若い女の子はキスで高まるような気がしているからだ。ついばむようなキスをして、唇の内側を舌でなぞると、祥子も抱きつきながら、強く唇を合わせてくる。

そして自ら舌をつかって、専太郎の舌にからませ、それから、強く唇を重ね合わせて、下からしがみついてくる。

専太郎もディープキスをしながら、腰を静かにつかう。

深くは打ち込めないが、浅瀬を擦られるのがいいのか、祥子はキスを貪りながら、足を腰にからめてくる。

足を大きくM字に開き、専太郎の腰を挟みつけるようにして、踵《かかと》で引き寄せて、自ら下腹部を押しつけてくる。

（ああ、いやらしすぎるぞ……！）

まだ男のセックスでオルガスムスを体験したことのない初心《うぶ》な女が、快楽を求めて、濡れ溝を擦りつけてくる。

そのあからさまな動きが、専太郎を昂らせた。

キスを終えて、動きやすくするために両手を立てた。腕立て伏せの格好で、ぐいぐいと屹立を押し込んでいく。

「ぁあああ、いいの。いいの……いいんです……もう、もう、ダメっ」

祥子がぱっちりとした目を見開いて、見あげながら、専太郎の両腕をつかんだ。そうしていないと不安でしょうがないとでも言うように、専太郎の腕にしがみつき、顔をのけぞらせて、

「あんっ、あんっ、あんっ……」

眉根を寄せ、真珠のように白い歯をのぞかせて、哀切な目で専太郎を見あげてくる。

その何かにすがるような、頼りにするような表情が、専太郎に男であること

の満足感をもたらす。

「ぁああ、わたし、もう……もう……」

祥子が魅力的な泣き顔で訴えてくる。

ととのった、かわいい顔をしているだけに、そのぎりぎりのさしせまった顔がいっそう悩ましく思えてきた。

「いいんだよ。イッて……いいんだよ」

やさしく語りかけながら、腰づかいのピッチを少しずつあげていく。専太郎の下半身にも甘い陶酔感が溜まって、抜き差しならない状態へと育っていく。

そのとき、またあの弁財天の琵琶の音が聞こえてきた。

（ああ、聞こえる……また、あのメロディが！）

専太郎は体内に流れる旋律に合わせて、腰をつかった。すると、それに調子を合わせるように祥子も高まっていく。

「ぁあああ、ああぁ……イクのね。わたし、初めてイクのね……ぁあああ、気持ちいい」

握っていた手を離して、両手を頭上にあげて、枕を握りしめた。そして、顎を高々とせりあげ、身体をくねらせる。

その艶《なま》めかしい仕種に、専太郎も追いつめられる。

もっと強く打ち込みたくなって、上体を立てた。そして、膝裏をつかんで足をひろげて押しつけ、いきりたちを激しく叩き込んでいく。

体のなかで鳴り響いている琵琶の音がアップテンポになった。そのリズムに合わせて叩き込んでいくと、祥子の気配が完全にさしせまってきた。

「あん、あん、あんん……ぁあああ、ぁあああ……怖いわ」

のけぞる祥子の乳房が大きく縦揺れしている。

「いいんだぞ。そうら、イッていいんだ。怖くない。超えるんだ」

「超えていいの？」

「いいんだ。超えるんだ」

専太郎がつづけざまに深いところに打ち込んだとき、

「ぁあああ、あああ、超えそう……超えます……やぁああああああああぁぁぁぁあぁあ、くっ！」

祥子がのけぞりかえって、後ろ手に枕をつかんだ。

ぐぐっと上体を反らせ、下腹部もせりあげて、膣肉で肉棹をしごきあげてくる。

駄目押しの一撃を叩き込んだとき、専太郎も放っていた。

今日、二度目の射精だった。それなのに、信じられないほどの量が迸《ほとばし》って、脳天まで痺れた。

「くっ……!」

放ちながら見ると、祥子は大きくのけぞりながらも、がく、がくっと揺れている。気を遣《や》っているのだ。

専太郎が放ち終えたとき、祥子はがっくりとして気絶したように横たわっていた。

目を閉じて、満足しきった様子で穏やかな顔に変わっている。

専太郎はぐったりとした祥子に折り重なって乳房に顔を埋める。祥子が目を見開いて、専太郎にしがみついてきた。

体のなかで響いていた琵琶の音はいつの間にか止《や》んでいて、その代わりに祥子のドクッ、ドクッという心臓の鼓動が聞こえていた。

第三章　ツアーの夜に人妻二人と

1

その日、専太郎は一泊二日のツアーガイドを任されていた。

協会のほうから、一泊して鎌倉を愉しむツアーの要望が来ているからと、専太郎を指名してきたのだ。

専太郎も同じホテルに泊まって、夜に鎌倉の歴史について講義をすることになっていた。鎌倉のホテルに宿泊してのツアーガイドなど初めてだった。

興味津々で待ち合わせの北鎌倉の駅前に到着した専太郎は、すぐにこのツアーの意味と自分が指名された理由がわかった。

六名の女性だけのグループで、二十代前半から四十歳までの奥様連中だった。

そして、そのリーダーがあの葉月蓉子だったからだ。

（ああ、なるほど……）

蓉子は家族に疑われることなく専太郎と一夜を過ごすために、こういうツアーを企画して、団地の仲間を募《つの》ったのだろう。

なかには、先日のツアーでも一緒だった若い人妻の桜井香奈子もいる。

専太郎としても、こうなったからにはやるしかない。

午前中に集まった人妻グループを引き連れて、専太郎は一日目のコースである寺社を巡る。

円覚寺《えんがくじ》、東慶寺《とうけいじ》、浄智寺《じょうちじ》……と、由緒ある古刹《こさつ》をまわり、途中で食事を摂《と》り、夕方になって鎌倉のPホテルにチェックインをした。この前と同じ、江ノ島の見えるホテルである。蓉子はよほどこの前のこのホテルでの情事が気に入ったに違いない。

専太郎は部屋で彼女たちに向かって鎌倉の歴史についての講義をし、その後、海の見えるレストランで食事をした。

ガイダンスも講義も好評で、ホテルの部屋に戻って寛《くつろ》いでいると、業務用のケータイに電話がかかってきた。

電話に出ると、蓉子からだった。

驚きはしなかった。やはり来たかという感じである。

相談したいことがあるから、部屋に来てほしいと言う。

二人部屋で、蓉子はグループのひとりと泊まっているはずだ。

と言うことは、いきなりセックスをせがまれるということはない。ほっとしつつも、一抹《いちまつ》の寂しさを抱えて、部屋を訪ねた。

入っていくと、蓉子と桜井香奈子がすでにガウンに着替えて、窓際の応接セットの前に立って、窓からの夜景を眺めていた。

専太郎は二人に近づいていって、訊いた。

「ご用は何でしょうか？」

一晩をともにした男女の態度ではないが、香奈子は二人の関係を知らないはずだから、ガイドと客という距離感で接するしかない。だが――。

「香奈子さんは平気なのよ」

蓉子が艶かしく微笑んで、専太郎をハグしてくる。

「えっ……？」

「香奈子さんは二人の関係を知っているから、気をつかうことはないのよ」

そう言って、蓉子はぎゅうと抱きついてきた。

専太郎が見ると、香奈子は小さくうなずいて、はにかんだ。美人系で落ち着いている蓉子とは対照的に、やさしい感じの癒し系で、少しふっくらとしている。

「しゃべっちゃったの?」

専太郎が確認をすると、蓉子がうなずいた。

「だって、わたしと香奈子さんはすごく仲がいいの。仲がいい女同士って、だいたい何でも打ち明けあうものなの。そうよね、香奈子さん?」

「はい……いつもはわたしが相談に乗ってもらっていますけど……」

香奈子がちらりと大きな目を向ける。

「大丈夫よ。香奈子さんは秘密を他人にばらすような人じゃないから……早く、こうしたかったのよ」

蓉子が手を専太郎の腰にまわして、ぐいと下半身を密着させてくる。

シャワーを浴びたのだろう、波打つような髪からはコンディショナーの甘い香りがしているし、身体からも石鹸の芳香がする。

「わたし、あれからずっとあなたに逢いたくて……今も、もう濡れているのがわかるの……触って」

蓉子が専太郎の手をつかんだ。真紅のガウンの前をはだけて、そこに手を導き入れる。

温かくてすべすべの内腿の付け根に、柔らかな繊毛とともに、湿った女の証《あかし》が息づいていた。

「もっと触って……」

さらに奥へと導かれる。繊毛の底は、専太郎も驚くほどに蜜をあふれさせていて、指先にぬるっとした粘膜がまとわりついてくる。

「濡れてるでしょ、すごく」

「ええ……でも、香奈子さんはいいんですか？」

専太郎はどうしても、二人を見ている女性の目が気になる。

「いいのよ、今は……」

蓉子が訳のわからないことを言う。

「今は、って、どういうことですか?」

「知りたい?」

言いながら、蓉子が右手をおろしていき、専太郎のズボンの股間をさすってきた。まだ半勃起状態のものをズボン越しに撫でながら、耳元で言った。

「香奈子さんを……彼女を助けてほしいの」

「どういうことですか?」

「じつはね……」

と、蓉子が事情を話しはじめた。

蓉子が多くの言葉を費やして語ったことを要約すると、こうなる。

桜井香奈子は現在二十五歳。同年代の男性と結婚して、社宅でもある団地に入って、一年になる。蓉子は右も左もわからなくてとまどっていた香奈子を、ママ友に入れて、面倒を見てきたのだと言う。

だが、香奈子は夫との性生活に問題を抱えていた。何と、これまで夫とのセックスで悦びを覚えたことがないらしいのだ。

「それで?」

専太郎はおずおずと訊いた。

「それで、香奈子さんは自分が不感症なんじゃないかと不安を持っているのね。聞いた話では、全然そんなことはないと思うの。要するに、ご主人のセックスが下手《へた》だけなんだと思うのね」

いやな予感がしてきた。まさかな……？

「だから、小暮さん、彼女にセックスを教えてあげて。感じさせてあげてほしいの。自分が女だってことをわからせてあげていただきたいの」

香奈子はズボン越しに股間のものを握り、しごいてくる。つまり、専太郎のイチモツは握れるほどにエレクトしていた。

「……無理ですよ。私ごときには荷が重すぎます」

「そんなことはないわ。あなた、セックスが上手なことはわたしが身をもって感じているもの。大丈夫。あなたならできるわ」

そう言って、蓉子が前にしゃがんだ。ベルトをゆるめて、ズボンをおろそうとするので、

「無理です。そんな大役、私には……うあっ！」

専太郎は唸った。ズボン越しに睾丸をぐいと下から持ちあげるようにつかまれたのだ。

「くうっ……！　や、やめてください……潰れます」

冷たい汗が一気に噴き出してきた。

「だったら、わたしの言うことを聞きなさい。あなたにとっても、悪いことではないでしょ？　こんな若くて、かわいい人妻を抱けるんだから。違う？」

「そう思います……ですが……」

「大丈夫。このことは絶対に口外しないわ。だって、こんなことを香奈子さんのご主人が知ったら、あなた殺されちゃうもの。ご主人、セックスは下手みたいだけど、けっこう短気で怒りっぽい人だから。ああ、そうか、短気だから、まともな愛撫ができないんだわ……どう、やってくれるわね？」

蓉子がせまってくる。参加者を二人も抱いてしまったことがばれたら、大問題である。だが、このままでは睾丸を握りつぶされそうだ。

「……わ、わかりました。上手くできるかどうかわかりませんが……」

そう答えるしかなかった。

睾丸をつかんでいた指の力がゆるんで、専太郎も解放される。

蓉子がズボンとブリーフを一気に引きおろして脱がした。

いったんエレクトしたものの、睾丸をニギニギされて萎縮してしまった肉の芋虫を、蓉子が握って、きゅっ、きゅっとしごくので、それはたちまち硬くなってしまう。

「ふふっ、すごいわ、小暮さんのここ。いつも、元気だわね。何だか、この前よりも元気みたいよ」

蓉子が言う。それは専太郎自身も感じていた。

蓉子と寝た後で、吉田祥子を抱いた。そのあたりから、イチモツが完全に若い頃の勢いを取り戻していた。

長い間、排尿器官の役目しか果たしていなかったムスコが、見違えるように元気になった。それが、江ノ島弁財天のお蔭なのか、それとも、たんたる偶然が重なっただけなのかわからない。しかし、分身の復活劇は専太郎としてはうれしい出来事だった。

蓉子が顔を寄せて、唇を開き、亀頭冠を呑み込んでいく。そのまま根元まで咥えて、両手で専太郎の尻をつかんだ。

有無を言わせぬ大胆さで、顔を振って、唇をすべらせる。

「おっ、あっ……」

柔らかな唇が適度な圧力で肉棹にからみつき、リズミカルにしごかれると、甘い陶酔感がひろがってきた。

不思議なことに、イチモツが絶好調になるほどに、感じやすくなってきた。使用されずに鈍くなっていたムスコの感覚が戻ってきたのに違いない。

ふと前を見たとき、香奈子と目が合った。

先輩人妻のフェラチオを食い入るように眺めていた香奈子が、ハッとして目をそむけた。セミロングの髪からのぞいている耳たぶの裏が真っ赤に染まっている。

心配になって、専太郎は訊いていた。

「蓉子さんがこんなことなさっていいんですか？　あの……香奈子さんがするんじゃあ？」

すると、蓉子がちゅるっと肉棹を吐き出して、唾液まみれのイチモツを握り

しごきながら、

「いいのよ。香奈子さん、フェラチオもあまり経験ないみたいだから、教えてあげているの。お手本を見せてあげているの。だから、いいのよ」

蓉子が言って、また頬張ってきた。

今度は根元を握りしごき、先端に唇を往復させる。

そうしながら、もう一方の手で睾丸を下から持ちあげるようにあやし、さらには、肛門へとつづく会陰部《えいんぶ》までも指でなぞってくる。

これは効いた。専太郎が唸ると、蓉子はここぞとばかりに攻め込んできた。

きっと、後輩人妻に教えたいという気持ちが強いのだろう。

蓉子は、根元を上下に擦りながら、S字にしごいてくる。同時に、顔も8の字に振れて、先端を食い千切らんばかりに頬張られる。

「ぁあああ、くっ……！　気持ちいい」

思わず言うと、蓉子はちゅぱっと肉棹を吐き出して、

「ねっ、香奈子、わかった？」

「はい、だいたい……」

香奈子がうなずく。癒し系の顔がすでにほんのりと上気して、瞳が濡れている。どうやら、精神的にはちゃんと昂奮するようだ。

「いいわ。次はあなたがやるのよ。そうね、ここではやりにくいから、ベッドでしましょうね……小暮さん、ベッドに行くわよ」

蓉子は立ちあがって、専太郎をベッドに連れていく。

2

裸に剥かれて、専太郎はベッドに大の字になっている。

その下腹部には、二人の女性がしゃがみ込んでいる。二人ともすでにガウンを脱いで、一糸まとわぬ姿をさらしていた。

こうして見ると、全体が柔らかな女の曲線に満ちた蓉子に対して、香奈子はまだまだ女として未完成で、ふっくらとしているものの乳房も尻も蓉子よりは控えめである。

抜けるように色の白い蓉子と較べると、香奈子の肌は健康的な小麦色に焼けている。だが、肌はつるつるで、若さが内側から滲んでいる感じだ。

「ここはいちばん感じるところだから、よく舐めてあげてね。ちろちろしながら握って擦ると、殿方《とのがた》はだいたい悦ぶわ……やってごらんなさい」

コーチ役の蓉子が言う。

「やるんですか？」

「そうよ。何事にも挑戦しないと上手くならないわよ。さあ、やって……」

香奈子がうなずいて、専太郎の開いた足の間にしゃがみ、屹立をつかんだ。

腹にくっつけるようにして持って、亀頭冠の真裏をおずおずと舐めはじめた。

だが、やり方はぎこちない。いっぱいに出した舌をかるくなすりつけるだけなので、今ひとつ刺激が足らない。

二十五歳の人妻だというが、経験が浅いとしか思いようがない。夫はいったい何をしているのか？

「もっと動かして……ダメねえ。わたしがお手本を見せるから」

蓉子が香奈子を押し退《の》けるように真下にしゃがんで、亀頭冠の真裏を舌で愛撫してくる。さすがに上手だ。年季が入っている。

上下にゆったりと舐め、溜まっていた唾液を落とし、それを塗りつけるように舌でなぞってくる。

それから、舌を左右に振りはじめた。

素早く左右に弾いて、流れ落ちた唾液をすくいあげるようにして、縦に舐める。

また唾液を落として、茜色にてかつく亀頭部を円を描くように舌で撫でてくる。その間も、抜け目なく根元のほうを握りしごいている。

「くっ……気持ちいいよ」

思わず言うと、

「でしょ？　やって」

「はい……」

蓉子が香奈子と代わる。

香奈子は、蓉子がした動作と寸分変わらないことを繰り返す。同じことをしても稚拙さを感じてしまうが、さっきよりはずっとましである。

「うん、なかなか気持ちいいよ。上手くなった」

褒めると、香奈子が相好《そうこう》を崩した。

「随分とよくなってきたわ。そのまま、裏筋を舐めてあげて」

「……こう、ですか？」

香奈子がぐっと顔の位置を低くして、裏筋に沿って舌を走らせる。ぞわっぞわっとした快感がうねりあがってきた。

「そうよ、上手いじゃないの……余裕があったら、同時に睾丸をかわいがってあげて。そう。右手でおチンチンを握って、シコシコしながら、左手を下から……そうよ、そう……その調子」

蓉子が褒める。実際に、香奈子の愛撫は気持ちが良かった。

「ついでに教えるわね。今度は袋を舐めてあげなさい」

エッという顔で、香奈子が蓉子を見た。

「タマタマがおさまっている袋があるでしょ、シワシワの」

「はい……あります。何か、タマが動いてるわ」

「ふふっ、昂奮しているからよ。その袋を丁寧に舐めてあげて」

蓉子の指示を受けて、香奈子がぐっと姿勢を低くしたので、舐めやすいようにと、専太郎は自分で膝をつかんで持ちあげてやる。

香奈子が一生懸命に袋に舌を這わせる。皺のひとつひとつを伸ばすかのように丹念にかわいがってくれる。

醜い箇所をいやがらずに舐めてくれる若妻のことが、愛おしくなってきた。

「そうよ、ほんとうに上手。香奈子さん、素質があるわよ。じゃあ、ついでにタマを食べちゃおうか」

蓉子が恐ろしいことを言う。

「えっ……？」

「バカね。実際に食べたら、大変なことになるわよ。だいたい、不味《まず》くて食べられないと思うわよ」

蓉子が冗談めかして言って、

「わたしがお手本を見せるから」

香奈子の隣にしゃがんで、片方の睾丸を口に含んだ。睾丸を頬張って、なかで転がしながら舌をからめてくる。

ちゅぱっと吐き出して、「やってみて」と冷静に言う。

うなずいて、香奈子がもう一方の睾丸をおずおずと口におさめる。そして、なかで懸命に舌をからめてくる。

「おっ、くっ……上手いぞ」

思わず褒めると、香奈子は頬張ったまま、にこっと笑って、右手で本体を握って、しごきはじめる。

これはほんとうに気持ちが良かった。

香奈子も調子が出てきたのだろう、睾丸をちゅるっと吐き出して、さらに顔の位置を低くして、会陰部を舐めてきた。肛門へとつづく敏感な縫目にちろちろと舌を走らせ、大きく舐めあげてくる。そうしながら、肉棹を握りしごいてくる。

「ぁああ、上手だよ、すごく……くっ！」

専太郎は快感に唸る。

と、香奈子は縫目に沿って、ツーッと舐めあげてきて、肉棹を上から頬張ってきた。

指を離して、口だけで咥えてくる。

ずりゅっ、ずりゅっと情熱をぶつけるように大きくスライドされると、あまりの気持ち良さに、知らずしらずのうちに腰が持ちあがっていた。

「できるじゃないのよ！　上手よ。あっと言う間に進歩したわね」

蓉子が瞳を輝かせた。

専太郎には二人の関係がまるでわからない。蓉子にとっては、専太郎は一度抱かれた男であり、それなりに執着を持っているはずだ。なのに、妹分にフェラチオさせて、それを褒めている。

蓉子は面倒見のいい、姐御肌《あねごはだ》なのだろう。

妹分に、自分の獲物を分け与えているという優越感があるに違いない。

と、蓉子が専太郎の胸板にキスをしてきた。

きっと見ているうちに、自分も昂ってきたのだろう。情熱的に胸板を撫でさすり、乳首にキスをし、吸い、吐き出して、ちろちろと舐めてくる。

しかも、下半身では、香奈子が肉棹を頬張り、さかんに唇をすべらせているのだ。

（もしかして、これって、３Ｐ……？）

もちろん、３Ｐなど生まれて初めてである。

胸もぞわぞわするし、それ以上にイチモツからは甘やかな陶酔感がひろがってきて、専太郎は初めて体験する感覚に酔いしれる。

だが、ついに、香奈子もフェラチオを長くした経験がないのだろう。苦しげにしていたが、ついに、ちゅっぱっと吐き出して、はあはあと肩で大きく息をする。

「おフェラはもういいわね」

蓉子が言って、

「まずはあなたがしてもらいなさい。小暮さん、お任せするわ。香奈子さんを感じさせてあげて」

専太郎を見た。

3

仰向けに寝た香奈子に、専太郎は上から覆いかぶさるように唇にキスをする。

かるいキスである。キスは精神的な要素が大きいから、好きでもない男にいきなりディープキスされてはいやだろう。

専太郎はキスをおろしていき、ほっそりした首すじから肩にかけて唇をちゅっ、ちゅっと押しつける。

「んっ……んっ……」

香奈子はびくっ、びくっとして、目をぎゅうと閉じる。

どうやら感じないわけではなさそうだ。むしろ、感じやすいのではないのか？　そうだとすれば、不感症の原因は精神的なものだろう。

なだらかな肩にキスをし、さらに、鎖骨にもキスを浴びせると、

「あっ……あっ！」

香奈子がいっそう大きく反応した。

「ここが感じるんだね？」

「はい……知りませんでした」

香奈子がとまどってはいるか、うれしそうな顔で見あげてくる。

「ご主人はここにキスしたりしないの？」

「ええ……あまり、愛撫はしないんです。無理やり咥えさせて、それからすぐ

に入れてくるので」

香奈子が恥ずかしそうに答える。

「それではダメだね。感じないのはきみのせいじゃないよ。きみはむしろ感じやすいと思うよ」

「そうでしょうか？」

「たぶんね」

専太郎が鎖骨の出っ張りに沿って舌を走らせると、

「ぁあああ……！」

香奈子がのけぞって、顔を横向けた。

「感じたよね？」

「はい、すごく……ぞくぞくしました」

「それでいいんだ」

専太郎は胸のふくらみへと顔を移す。

大きさは控えめだが、いやらしい形をしていた。直線的な上の斜面を下側の充実したふくらみが持ちあげていて、薄いセピア色の乳首がツンと上を向いている。

「いやっ……見ないでください」

香奈子が手で胸を隠した。

「どうして？」

「だって、小さいでしょ？　主人にはよく『貧乳』だって言われるんです」

「それは違うよ。ちょうどいい大きさだし、何より形がいい。ツンとして、男をそそる形をしている。好きだよ、こういう胸」

「そうですか？」

「ああ、貧乳というより、むしろ、美乳だよ。ご主人、自信を失くすようなことを言って、きみを独占しようとしているんじゃないか？」

「……そうなんですか？」

「ああ、そう思うよ。ほんとうに美乳だ。男をそそるオッパイだよ」

専太郎はそっと乳房を手でつかみ、やわやわと揉む。

蓉子の指にからみつくような柔らかな乳房とは明らかに違っていて、やや硬い。だが、内側から指を押し返すような弾力があって、揉みがいがある。

香奈子はまだあまり反応しない。おそらく気持ちの問題なのだろう。こういうときは……。

「香奈子さんはすごくチャーミングですよ。こうしていても、どんどん惹かれてしまう。好きになりそうだ。好きになっていいですか？」

耳に顔を寄せて、甘く囁く。

周りからは、声と笑顔がステキだと言われている。だったら、その声を最大限に利用すべきだと思ったからだ。

「好きになってしまいそうだ。いいですか、香奈子さんを好きになって？」

もう一度耳元で囁き、乳房を揉みしだく。

「ああ、もっと、もっと言ってください」

香奈子がせがんでくる。

「香奈子さん、好きです。あなたが好きです。俺の前では、心を裸にしていいんですよ。すべてをゆだねてください」

「ぁああ、あああ、うれしい……いやらしくなっていいんですね？」

「いいんです。いやらしくなって」

「ああ、わたしの、香奈子の乳首をいじめてください」

香奈子が訴えてきた。

（とうとう自分から求めてきたか……）

これを待っていた。専太郎が胸のふくらみの突起を指でつまむと、

「はうんっ……！」

香奈子が大きくのけぞりかえった。

（すごく感じるじゃないか……！）

ここぞとばかりに、人差し指で突起をかるく弾くと、乳首がむっくりと頭を擡げてきて、見る間に勃《た》ってきた。

硬くしこってきた乳首を指腹に挟んで、くりっくりっと転がした。すると、乳首はますますカチカチになって、

「ぁあああぅぅ……」

香奈子がのけぞりながら、口を手のひらで覆った。

「いいんですよ。声を出しても……恥ずかしがらなくていいです。自分を出していいんです」

言い聞かせて、専太郎は乳首にしゃぶりつく。

祥子を相手にしたときも同じようなことを言っていた覚えがある。が、これが真実なのだ。女性はおそらく相手に安心して身をゆだねたときに、自分の性欲を解き放つことができるのだ。

硬くなっている乳首を舌で上下左右に撥《は》ね、そして、頬張る。乳暈ごと唇をかぶせて、なかで舌をつかう。まとわりつかせながら、チューッと吸うと、

「はぁあああ……！」

香奈子がのけぞりかえった。

ものすごく感じている。これで、不感症だったなど信じられない。はっきり言って、夫が下手過ぎただけだろう。

専太郎はもう片方の乳首を指でこねる。くにくにして、引っ張りあげる。引きあげたところで、右に左に転がしてやる。そうしながら、こっち側の乳首を舌先でれろれろっと横に弾く。

「ぁあああ……」

と、また香奈子がさしせまった声を放った。

「感じるでしょ？」

唇を乳首に接したまま確かめる。

「はい……はい……すごく感じる。ウソみたい……ぁあああうぅ」

香奈子は顔を横向けて、手のひらを口に押し当てている。

「いいんですよ。もっと淫らになって」

専太郎は乳首を変えてそれを舐め転がし、同時にもう片方の乳首を指でいじってやる。だいたいの女性は、左右の乳首を同時に攻められたほうが感じるらしいのだ。

乳首を吸い、舐め、もう片方の乳房を揉みしだいていると、香奈子の様子がさしせまってきた。

ふと見ると、下腹部がせりあがっている。

若草のような薄い繊毛を生やした恥丘が、ぐぐっ、ぐぐっと持ちあがってくる。

そこを触ってほしいのだろう。専太郎は右手をおろしていき、若草の萌えいずる肉丘を上から覆ってやる。下を向いている指先がぬるっとした狭間をとらえた。

手のひらを押し当てたまま乳首を舌で転がすと、

「ぁあああ、ぁあああああ、いいの……いいの」

香奈子は譫言《うわごと》のように呟きながら、ぐいぐいと下腹部を突きあげてくる。

手のひらにぬるっしたものが密着して、さらに、狭間に指が沈み込んでいくと、

「くっ……！」

香奈子はブリッジするように尻を浮かせて、もっと触ってとばかりに、さらに持ちあげてくる。

この先、どうなるかわからない。今のうちに攻めきったほうがいい。

専太郎は体をすべらせていき、足の間に腰を割り込ませ、すらりとした両足を持ちあげた。

膝をつかんで開くと、薄墨を流したような薄い繊毛が恥丘を覆い、その下の女の谷間がはっきりと目に飛び込んできた。

縦長のととのった形をしていて、陰唇は薄いが、真ん中が幅広い。その清楚《せいそ》

な感じの肉びらがわずかにひろがって、内部のピンクのぬめりをのぞかせていた。

まったく使用感の感じられない、穢《けが》すのが惜しいようなきれいな花園であった。

専太郎はそこに顔を埋めて、狭間をぬるっ、ぬるっと舐める。

「ぁあああ、いやですぅ」

香奈子が急に態度を変えた。

「いやなの？」

「……だって、されたことがないから」

香奈子がまさかのことを言う。

「えっ？　ご主人にクンニされたことがないの？」

「……はい。へんだと思うんですけど、主人は女のここは、汚いからと言って」

香奈子が信じられないことを言う。

専太郎は夫に対して憤《いきどお》りさえ覚えた。結婚したのだから、愛しているのだ。

見ず知らずの女性ならいざ知らず、愛する女のオマ×コを舐めたことがないなど信じられない。

「それは、ご主人が間違っています。ここは全然汚くない。むしろ愛《いと》おしいものです」

専太郎は狭間に舌を走らせ、薄い陰唇も舐め、さらに、その外側にもツーッと舌を走らせる。

「ぁあああうぅ……」

香奈子は口に手を押し当てて声を押し殺しながら、びくん、がくんと細かく震える。

「感じるでしょ？」

「はい……すごく……ぁあああ、そこ……くっ！」

専太郎が上方の肉芽を舐めると、香奈子の腰が持ちあがった。包皮ごと上下に舌を這わせた。

「あっ……あっ……ぁあああ、感じるのぉ」

香奈子はどうしていいのかわからないといった様子で、腰を左右に振り、上下に振り立て、内腿を痙攣させる。

これだけ感じるのだから、包皮を剥くまでもない。剥いてじかに舐めたら、感じすぎてかえってつらいだろう。

専太郎は小さな陰核を舌であやしながら、下方でじゅくじゅくと蜜をこぼしている膣口を指腹でかるく叩いた。

すると、ねちゃ、ねちゃ、ねちゃっと音がして、

「ぁあああああ……ああぁ、へんなの……へんなの……わたし、へんなの……やぁああああぁぁぁぁ」

香奈子は持ちあげた腰をさらに上下、左右に打ち振る。

そろそろ挿入していいだろう。

専太郎は顔をあげて、膝をすくいあげた。隣のベッドをちらりとうかがうと、ベッドの端に腰かけている蓉子が、大きくうなずいた。

専太郎はいきりたつものをぬかるみの中心にそっと押し当てて、慎重に腰を入れていく。入口はきつきつだった。

そこを突破しても、なかは窮屈で、蕩けた粘膜が硬直にからみついてきた。

やはり、きつい。強引に奥まで刺し貫くと、熱い滾りがうごめきながら分身をきゅっ、きゅっと締めつけてくる。

（くっ……名器じゃないか！）

夫にぞんざいに扱われているようだから、もしかしたらここの具合が良くないのではとも思っていた。だが、予想は完全に外れた。

窮屈さ、蕩け具合、締めつけ具合とどれを取っても文句のつけようがない。こんな若くて具合のいい妻を相手に、不感症だと勘違いさせるほどの粗末なセックスしかできないダンナが信じられない。

専太郎はうねりあがってくる快感をこらえて、ゆったりと腰をつかった。膝裏をつかんで開かせ、スローピッチでゆっくりと突く。いきりたちが膣の浅瀬から奥まですべっていき、

「ぁああ、気持ちいい……溶けていくわ。わたし、溶けてくぅ」

香奈子が心底気持ち良さそうに顔をのけぞらせる。

（大丈夫そうだな……）

専太郎は少しずつ打ち込みのピッチをあげていく。両手で膝裏をつかみ、膝

を腹に押しつけるようにして打ちおろし、途中からしゃくりあげる。

もっと感じさせてやろうと、丹田《たんでん》に力を込めると、切っ先が若干上を向くのがわかる。

上反《うわぞ》りした肉棹が緊縮力のある女の祠《ほこら》を擦りあげていき、ズンッと奥まで届く。すると、それがいいのか、

「あんっ……あんっ……あんっ……」

子宮口を突かれるたびに香奈子は喘ぎ、両手でシーツを鷲づかみにした。

(よし、このまま……!)

専太郎としては自分が射精するより、香奈子にイッてもらいたい。女の絶頂を感じてほしい。

緩急をつけ、勃起の角度を変えて、感じるポイントをさぐりながら、気長にストロークをつづけた。香奈子は感じつづけている。

様々《さま》な喘ぎ声を洩らし、両手をどこに置いていいのかわからないといった様子で彷徨わせ、枕を後ろ手につかんだりする。

パランスのいい美乳が突くたびに縦に揺れ、香奈子の上体も衝撃で動く。

「ぁああ、ああ、怖いわ。怖いの」

香奈子が訴えてくる。これまで体験したことのないゾーンまで押しあげられて、自分がどうなってしまうのか不安なのだろう。

「大丈夫だ。俺がいる。俺がつかまえているから」

そう言い聞かせて腰を躍らせた。だが、香奈子は一定以上高まっていかないようだった。

先日の祥子もそうだったが、やはり、男にしっかりとホールドされていないと、不安感が先立ってしまって気を遣れないのだろう。気を遣る瞬間は、自分が自分ではなくなってしまうし、無防備になるからだ。

専太郎は足を離して前に屈み、香奈子を抱きしめた。

両脇から手を入れ込んで、肩のあたりをぎゅうと引きよせて、腰を躍らせる。

すると、二人の肌が触れ合い、重なりあい、

「ぁああ、幸せ……こんなにいいなんて、知らなかった」

香奈子が専太郎にしがみついてくる。

今だとばかりに専太郎は唇を奪い、唇を舐める。すると、香奈子も自分から

口を開け、舌を差し出してくる。

二人の中間地点で舌と舌がからみあった。香奈子のつるっとした舌と粘っこい唾液を感じる。

舌をからめながら腰をつかうと、香奈子は情熱的に唇を合わせ、舌を吸いながら、足をM字に開いて、抽送を受け入れる。

やはりこのほうが安心できるのだろう。そして、安心できれば、心なく快楽を貪ることができる。

香奈子はディープキスを交わしながら、専太郎の腰の動きに合わせて下腹部を揺らめかせる。

その、もっと気持ち良くなりたいという本能的な動きが、専太郎をかきたてた。

唇を放すと、二人の口の間に唾液の糸が伸びて、切れた。

専太郎は腕立て伏せの形で力強く腰を叩きつけていく。

「あんっ、あんっ、ぁあんっ……ああ、へんなの。身体が浮いてる。わたし、浮きあがっていく……ぁあああ、怖いよ」

香奈子が、専太郎の立てた両腕にしがみついてくる。

「大丈夫だ。俺がちゃんとつかまえているから……いいんだよ。もっと気持ち良くなって……いいんだよ」

専太郎は言い聞かせて、徐々にストロークのピッチをあげていく。

と、香奈子の気配が変わった。

専太郎の腕をつかむ指にいっそう力がこもり、繊細な顎がびく、びくっと突きあがって、腰が躍りはじめた。

「イキそうなんだね？」

「……きっと、イクんだわ。初めてなの……だから……ぁあああ、いいのよぉ。イカせてください。香奈子をイカせてください……あああ、それ！」

香奈子が今にも泣きださんばかりに顔をしかめて、のけぞった。

「イッていいよ。いいんだよ、そうら」

専太郎がつづけざまに叩き込むと、

「やぁあああああぁぁぁぁ、くっ……！」

表情が見えなくなるほどのけぞりかえって、香奈子が動きを止めた。

しばらくすると、がくん、がくんと痙攣をはじめた。痙攣をしているというのは気を遣った証拠だろう。

専太郎はまだ放っていない。だが、満足していた。

香奈子に絶頂を極めさせたのだから。ほっとしたような気持ちでいると、

「出したの？」

後ろから、蓉子の声が聞こえた。

「……いや、出してないけど」

専太郎が振り返ると、

「じゃあ、次はわたしの番ね。こっちのベッドでしましょ」

蓉子が専太郎の手をつかんだ。

4

隣のベッドで仰向けに寝た専太郎を、蓉子が覆いかぶさるように愛撫してくれている。乳首を舌であやしながら、

「ありがとう。香奈子さんをきちんと感じさせてくれて……これで、香奈子さんもわたしたちの仲間になったわ。これまでシモネタを話してもぽかんとしているだけで、仲間外れだったのよ。これで、ようやく彼女も女子会のシモネタ話に参加できるわ」

流れるような黒髪をかきあげて、きりっとした美人顔で見あげてくる。

「シモネタに参加させるため、ですか？」

「バカね。そんなわけないじゃないの。女の悦びを知らない人妻って、悲惨でしょ？　だって結婚しているんだから、基本的には夫としかセックスは許されないじゃない。そのダンナが下手くそだったら、目も当てられないわよ。そう思わない？」

「ううん、耳が痛い話ですね」

「あらっ、あなたは大丈夫よ、上手いから……でも、笑い話じゃ済まされない問題でもあるのよ。正直言って、けっこういるのよ。ダンナが下手で感じない人妻って。だから、うちのグループにはそういう人がいないようにしたいの。よかったわ、小暮さんがいてくれて……」

蓉子は、専太郎の腕をあげて、腋の下にキスをしてきた。白いものが混ざった腋毛に唇を押しつけ、

「ああ、いい匂い……わたし、じつは腋の匂いが好きなの。甘くて、汗っぽくて、たまらないわ」

くんくんとオーバーに匂いを嗅いだ。それから、舐めてきた。

腋毛ごと腋窩《えきか》の窪みにぬるっ、ぬるっと舌を走らせる。

「くっ……よせよ。くすぐったいよ」

「ふふっ、されたことないの？」

「ないよ」

「ろくな女とつきあっていなかったのね。腋を舐めるなんて、当然でしょ？」

蓉子がにこっとする。絶世の美女だから、笑っても艶かしい。

蓉子がまた腋の下を舐めてきた。腋毛など舐めたことはないが、どんな感触なのだろう？　確かに腋は甘酸っぱい独特の匂いを放っているが、しかし、これがそんなにいいのだろうか？

蓉子は腋の下にちろちろと舌を走らせ、ちゅっ、ちゅっとキスをする。

最初はくすぐったいだけだったのに、美人がしてくれているからだろうか、徐々にそこが性感帯と化して、快感が育ってきた。

「ふふっ、鳥肌立ってきたわよ。気持ち良くなったんでしょ？」

そう言って、蓉子が二の腕にまで舌を走らせてきた。つるっとした女の細い舌で二の腕の内側をなぞられると、ぞくっとした。

蓉子は甘やかな吐息をこぼしながら、二の腕を舐めあげ、さらには、専太郎の手をつかんで、指をしゃぶってきた。

人差し指と中指をまとめて頬張り、まるでフェラチオでもするように唇を往復させる。濡れた二本指をさらに舐めて唾液で濡らし、その手を自らの乳房に導いた。

唾液まみれの指でたわわなふくらみを揉むと、

「あっ……！」

蓉子がかるく顔をのけぞらせた。

そして、専太郎の指を中心の突起に導いた。濡れた指で乳首をこねると、

「ぁあああ、気持ちいい……」

蓉子は腰をくねらせる。

専太郎が硬い乳首を指腹に挟んで、右に左にまわすと、しこりきった突起がよじれて、

「ぁああ、いいの。ほんとうにいいの……」

蓉子の腰が揺れる。

こうしてほしいのだろうと、濡れた指を翳りの底に持っていく。そこはもう洪水状態で、ぬるっとしたものが指にからみついてくる。

専太郎は目の前にある蓉子の赤く尖った乳首をこね、下腹部のぬめりを擦ってやる。

「あああ、いい……ぁああ、あなたにされると気持ちいいの……ぁあぁ、腰が勝手に動く」

両膝立ちになった蓉子が、もっと触ってとばかりに下腹部を擦りつけてくる。

専太郎は上体を起こし、蓉子をベッドに腹這いにさせる。

そして、なめらかな肩や背中をツーッ、ツーッと撫でおろし、襟足にキスをする。

「くっ……くっ……ぁあああ、欲しくなってきた。これが欲しい」

蓉子は右手で専太郎のイチモツを握って、しごいてくる。

専太郎が肩甲骨にキスの雨を降らせ、さらに、背中から腰にかけてのゆるやかな曲線を手でなぞると、

「ぁあ、天国よ……天国……ぁああああ、ちょうだいよぉ」

蓉子がぐぐっと尻を持ちあげた。

専太郎は上から覆いかぶさって、いきりたつものを尻たぶの底に押し当てた。

蕩けたような狭間に狙いをつけ、腰を突きだすようにすると、猛りたつものが女の祠にすべり込んでいき、

「ぁあああ……！」

と、蓉子が顔をのけぞらせた。

専太郎も、くっと奥歯を食いしばる。

さんざん待たされたせいだろうか、蓉子のそこは熱く滾ってきて、とろとろの粘膜が勃起を包み込んでくる。

ゆったりと上から打ちおろしていくと、蓉子はもっと深いところにちょうだ

いとばかりに自ら尻を持ちあげる。

打ち込みやすくなって、切っ先が奥のほうに届き、

「ああ、これ！　当たっているのよ。あなたのおチンチンがわたしの子宮に当たっているの。ああ、ぐりぐりしてぇ」

蓉子が腰をまわすので、専太郎も期待に応えて腰をぶんまわす。すると、切っ先が子宮口をこねる形になって、

「ああ、これよ、これ……」

蓉子が尻だけをこれ以上は無理というところまで、せりあげてくる。

専太郎は腕立て伏せの形で腰をグラインドさせる。

いきりたったものが膣をひろげながら、奥をこねている感触が如実に感じられて、専太郎も高まった。

ぐいぐいと打ち込むと、豊かな尻肉がぶわわんと押し返してきて、それに膣を掻きまわしていく感触が加わって、下半身が蕩けていくようだ。

「ねえ、四つん這いになりたいの。後ろから、獣のように貫かれたいの」

蓉子がせがんできた。

ならばと、専太郎は結合したまま蓉子の腰をつかんで引きあげる。蓉子が腕を立てて、ベッドに四つん這いになった。

尻肉をぎゅっとつかむと、「あっ、いい」と蓉子が口走る。

やはり、蓉子にはマゾ的なところがあるのだろう。そう思って、専太郎は尻たぶをいっそう強くつかみ、それから、かるく手のひらで叩く。

スパンキングである。いやがるかと思ったが、蓉子は逆にもっと叩いて、とばかりに尻を突きだしてくる。

少しずつ打擲《ちょうちゃく》に力を込めていく。

バンッと音が出るほどに平手で叩いて、赤くなったところを一転して、やさしく撫でてやる。専太郎はサディストではないが、ちょいSだから、このくらいはできる。

叩いて、撫でる行為を繰り返すうちに、蓉子が昂ってきたのがわかる。

「ぁあ、いいのよぉ……いいのよぉ……ぶって、もっとぶって……いけない蓉子にお仕置きをしてください」

そう口走って、蓉子はバラ色に染まってきた豊満な尻をくねらせる。

だが、さすがにこれ以上するのは、ためらわれた。叩く代わりに、思い切り肉棹を叩き込んでやる。

ウエストをつかみ寄せて、パン、パンッと音が立つほどに力強く叩きつけると、

「あんっ、あんっ、ぁあんっ……！」

蓉子はシーツが持ちあがるほどに握りしめて、背中を大きくしならせる。

専太郎がなおも打ち込もうとしたとき、隣のベッドで何かが動いた。ハッとして見ると、香奈子がこちらを向く形で横臥していた。その手が股間に伸びていた。

香奈子は隣のベッドで先輩が後ろから貫かれて、高まっていく姿を、とろんとした目で見つめながら、自ら恥肉をいじっているのだ。

よく見ると、二本の指が薄い翳りの底に沈み込んでいるのがわかる。

専太郎と目が合って、ハッとして目を伏せる。それでも、専太郎がまた強く打ち込んでいくと、どうしても見られずにはいられないといった様子で、ぱっちりとした目をこちらに向けて、

「ぁあぁ、ぁあぁあぅぅ」

喘ぎを押し殺しながら、股間に差し込んだ指をさかんに抜き差ししている。

専太郎もそれを見ているうちに、さらに昂った。

つづけざまに腰を叩きつけると、

「あん、あんっ、あん……ぁあぁあ、イキそう。小暮さん、わたし、イクわ……イクのよ！」

蓉子がシーツを強く握りしめた。

「いいんですよ。イッていいですよ」

「あなたも出して。出して……香奈子さんには出さないでほしいの」

蓉子が切実に訴えてくる。やはり、いくらかわいがっている後輩とはいえ、自分には出さなかった精液を彼女相手に出されるのはいやなのだろう。女のプライドが許さないのだ。

「いいですよ。蓉子さんのなかに出します。いいんですね？」

「はい……出して。出して……ぁあぁあ、もっと！」

蓉子が自分から腰を振って、せがんでくる。

専太郎はフィニッシュに向けてスパートをする。腰をつかみ寄せて、思い切り叩き込み、なかでぐりっと奥をこねる。それをつづけていくうちに、専太郎も追い込まれた。

「ああ、出して……蓉子のなかに出して……あああ、イク、イク、イッちゃう……イクわよ」

「いいですよ。そうら、出します」

「ぁあ、ちょうだい……イク、イク、イッちゃう……やぁあああ、はうっ！」

蓉子がぐーんと顔を大きく後ろにのけぞらせた。

体内がオルガスムスの蠕動《ぜんどう》をするのを感じて、専太郎も止《とど》めとばかりに奥に届かせた。その直後、専太郎も至福に押しあげられた。

ドクッ、ドクッと放ちながら、蓉子の腰をつかみ寄せている。

蓉子はさっきからイキつづけているのだろう。がく、がくっと震えっぱなしだった。

専太郎はすべての精液を打ち尽くして、がっくりと蓉子の背中に覆いかぶさっていく。

そのとき、隣のベッドから、香奈子の激しい呻きが聞こえてきた。見ると、香奈子も昇りつめたのだろう。横臥したままこちらを向いて、ぶるぶるっと痙攣している。

専太郎は結合を外して、すぐ隣にごろんと横になった。そのときになって、海岸に打ち寄せる波音が大きく耳に飛び込んできた。

窓から外に視線をやると、江ノ島から展望台が突き出ていた。それは、白い照明に浮かびあがって、海のロウソクのように光っていた。

第四章　葉山マダムと江ノ島で

1

その日、専太郎は江ノ島に来ていた。

葉山蓉子と桜井香奈子の二人と幸せな時間をもつことができた、そのお礼を弁財天にしに来たのである。

弁天堂で裸弁財天の前で手を合わせて、感謝の気持ちを伝えた。その後、階段をあがっていき、サムエル・コッキング苑に入場して、初春の花々の咲く花壇を楽しんだ。

その頃にはすでに夕方になっていて、展望台であり、同時に灯台の役目を持つ江ノ島シーキャンドルにも白い照明が点灯されて、海のロウソクと呼ばれるにふさわしい姿を見せていた。

ちょうどサンセットの時間だったので、展望台に昇った。

真っ赤な夕陽が沈みかけている。

ここから見えるサンセットはとくに美しい。空にかかった雲を茜《あかね》色に焼きながら、急速に沈んでいく夕陽に見とれた。

夕陽が山陰《やまかげ》に姿を消し、その場を去ろうとしたとき、ちょっと離れたところで、着物姿の淑《しと》やかな女性が残照を名残惜しそうに眺めている姿が目に飛び込んできた。

（うん、確か……！）

ストライプ柄の粋な着物を来て帯を締め、髪を結いあげた女のととのった横顔に見覚えがあった。近づいていって、

「松浦《まつうら》さん、ですよね」

声をかけると、女が振り向いて、アーモンド形の目をびっくりしたように見開いた。

「ああ、小暮さんですね」

「そうです。名前まで覚えていただいたようで、恐縮です」

「先日は大変お世話になりました。お蔭さまで、鎌倉のことがよくわかりました。ありがとうございました」

松浦玲香《れいか》が丁寧に頭をさげた。

「いえいえ……」と専太郎は一応否定する。

一カ月ほど前に、鎌倉の史跡を巡るコースのツアーに、玲香は参加していた。そのときも着物をつけていた。コースのほとんどは徒歩なので、歩きにくい着物姿で参加する人は少ない。玲香が淑やかな美人であり、また、熱心に質問をしてきたので、よく覚えている。

名簿には三十九歳で、住所は葉山と記してあったので、葉山のマダムがなぜこんなツアーに、と頭をひねったものだ。

「今日は、お連れさんはいらっしゃらないんですか？」

まさかこの奥様がひとりで来ていることはないだろうと思って、周囲を見まわした。

「……連れはいませんよ」

玲香が言うその様子がちょっと寂しそうだった。

「主人はもう三年前に亡くなりました」

そう言って、玲香が富士山のある方向に目をやる。富士山はシルエットになっていたが、その裾広がりの姿がはっきりと見えていた。

「……存じあげませんでした。すみません」

「いいんですよ。もう、ひとりでいることに慣れましたから」

玲香が専太郎に顔を向けて、にっこりとした。

明らかに無理に笑顔を作っている。そのけなげさに胸打たれた。

このサンセットの雰囲気が彼女を感傷的にさせているのだろうか、玲香が過去を話しはじめた。

玲香は、葉山に豪邸を持つ二まわり年上の、様々な企業に投資をして収入を得ていた投資家の後妻に入った。

だが、そのご主人が三年前にガンで亡くなり、今は玲香がその屋敷や財産を引き継いでいるのだと言う。

「夫の遺言が、地元の企業に投資をして、地元を活性化させてくれというものだったんです。でも、地元のこともよく知らないので、少しは知っておこうと、先日は鎌倉をまわらせていただきました」

「なるほど、そういうことでしたか……じつは、私も男ヤモメでして。北鎌倉にひとりで住んでいるんですよ」

「そうですか……わたしたち、似た者同士なんですね。これから、ご用はおありですか？」

玲香が訊いてきた。

「いえ、これと言ってありませんが……」

「これから夕食をと思っていたんですが、夕食につきあっていただけませんか？」

「そういうことなら、よろしいですよ」

専太郎としても、この葉山マダムには興味を惹かれている。それに、ガイドの客だから、丁重に扱わなければいけない。

「どこか、美味しいところをご存じですか？」

「そうですね。落ち着けるところなら、仲見世《なかみせ》通りから少し路地を入ったところに、美味しいシラスを食べさせてくれる店がありますが……」

「ああ、いいですね。そこに連れていってください」

玲香が微笑んだ。二人は展望台を降りて、江ノ島の坂道をくだっていく。

仲見世通りに出て、路地を海岸のほうに向かったところに、シラス専門店があった。

新鮮なシラスを売り物にした店だが、シラスの天ぷらはとくに美味《うま》い。

世間話をしながら、シラスの天ぷらを口に運ぶ。

「美味しいわ！　シラスって天ぷらにするとこんな美味しいんですね」

玲香が瞳を輝かせる。

玲香がどうやって亡夫と知り合い、結婚するにいたったかという話を聞きながら、ハマグリや鮮魚などの湘南の海の幸を楽しんだ。

食べ終わり、店を出たところで、

「海岸のほうに行きたいわ」

玲香が言うので、二人で歩いてすぐの砂浜に出た。

穏やかな海岸には、小型の漁船が係留されている。波打ち際を二人で肩を並べて歩いた。

玲香が砂に足を取られて転びそうになったので、とっさに身体を支えた。すると、玲香がしがみついてきた。着物姿でひしと専太郎に抱きついてくる。

「どうしました？」

「……寂しいの、すごく」

そう言って、玲香は専太郎の胸に顔を埋めてくる。

玲香は未亡人になって三年、心も身体も満たされておらず、自分を受けいれてくれる存在を求めているのだろう。

ここは応えてあげたい。専太郎は着物の背中と帯に手をまわし、ぎゅうと抱きしめてやる。

女日照りだった頃だったらオタオタしてしまって、こんなことはできなかった。男はこの歳になっても、ちょっとしたことで変われるのだ。

（しかし、このモテようは何だ？）

やはり、これも弁財天のお蔭に違いない。現に、専太郎と女性との出逢いはすべて江ノ島か、江ノ島が見える場所で起きている。

たとえこれが弁財天のご利益だとしても、自分が女性を抱くという行為自体には変わりはないし、喜んで受け入れたい。

玲香が周囲を見まわして、専太郎の手をつかんだ。

「あそこがいいわ」

玲香が示す方角には、漁師小屋と言うのだろうか、小さな掘っ建て小屋がひっそりと建っていた。そこに向かって、玲香は専太郎の手を引きながら歩いていく。

漁師小屋の前で立ち止まる。

専太郎は入り口の扉を両手でつかんで、力一杯横に引いた。すると、古い扉が軋《きし》みながらすべっていき、半分ほど開いた。

小屋のなかは磯独特の海臭い匂いがこもっていて、薄暗く、かろうじて玲香の姿が見える。

玲香の仄白い顔が近づいてきた。両手で専太郎の顔を挟み付けるようにして、唇を重ねてくる。

葉山の上流階級の奥様だが、やることは強引である。見た目は淑やかだが、芯は強く、我《わ》が儘《まま》だ。もともとお嬢様なのだろう。

玲香は喘ぐような吐息をこぼして、唇を重ねている。

専太郎はイチモツが大きくなっていることを知ってほしくなり、玲香の手をつかんで股間に導いた。

硬いものに触れて、玲香がハッとしたように手を引いた。その手をつかんで、ふたたび押しつける。

しばらくすると、未亡人のしなやかな指がおずおずとふくらみをなぞりはじめた。イチモツがますます大きく硬くなって、それを感じたのだろう、玲香は胸板に顔を埋めて、いっそう情熱的に勃起をさすってくる。

その頃には、専太郎も薄暗がりに目が慣れて、漁師小屋のなかの様子がわかってきた。

棚が作ってあって、そこに様々な漁業用道具が置いてあり、網が吊るされて干されてあった。下はコンクリートで、一段高くなったところにブルーシートがかかっていた。

専太郎は玲香を小屋の壁に押しつけて、着物の襟元から右手を差し込んでいく。白い長襦袢《ながじゅばん》の裏側には、ふっくらとした乳房が潜《ひそ》んでいて、ふくらみを揉

みしだくと、それが手のひらのなかで柔らかくたわんで、

「ぁあぁ、ぁあああうぅぅ」

玲香は専太郎の手をつかみながらも、顔をのけぞらせる。

たわわなふくらみの頂上にある小さな突起をつまんで転がしてやる。すると、それはすぐに硬くなり、せりだしてきた乳首を右に左にこねると、

「ぁあぁ、ぁあああうぅぅ……いいのよぉ」

玲香は手の甲を口に当てて、結《ゆ》われた髪を後ろの壁に擦りつける。

ザブーン、ザブーンと波が押し寄せては引いていく波音が、間近で聞こえる。これまでのホテルで聞いた波音よりはるかに大きく、海の匂いが潮風に運ばれて、小屋に流れ込んでくる。

専太郎は硬さを増した乳首をまわしたり、擦ったりしながら、左手を腰にまわし込んで、着物に包まれた尻を撫でさすってやる。

「ぁあぁ、気持ちいいわ……こうされたかったの。ずっと、こうされたかった」

玲香が言って、またキスをしてくる。

その貪るようなキスが、いかに玲香が男に飢えていたかを伝えてくる。

専太郎はキスに応えてから、玲香の前にしゃがんだ。

着物の裾をまくりあげて、はしょるようにして帯に挟み込んだ。すると、白い長襦袢が現れて、専太郎は片方の足を腰の高さまで持ちあげる。

白い布が微妙にはだけて、左右の太腿があらわになり、下腹部に黒い翳りがのぞいた。

かなり濃い。つやつやの繊毛が撫でつけられたようにまとまって生え、その下に女の下の口がわずかに見えた。

専太郎は右手で玲香の膝を持ちあげながら、下腹部に顔を寄せて、そこを舐めた。翳りの底に舌を走らせると、

「うあっ……！」

玲香がびくんとして、顔を大きくのけぞらせた。

専太郎がつづけざまに女の亀裂に舌を這わせると、玲香は「あっ、あっ、あっ」とそのたびに大きく喘いで、腰をがくん、がくんと痙攣させる。

そして、湿った程度だった女の口がどんどん濡れてきて、ついには全体が淫

蜜にまみれて、肉びらが口を開いた。

洪水状態になった淫らな花園を、今度は指で叩く。ぬかるみをタン、タン、タンッと撥ねるように叩くと、玲香はもう我慢できないとでも言うように、鋭く腰を撥ねあげ、せりあげて、

「ぁあああ、ちょうだい。あれを……あなたの硬いものをください……お願いします。お願いします……」

潤みきった瞳を向けて、哀願してくる。

専太郎は周囲に人の気配がないことを確かめて、ズボンとブリーフを膝までおろした。転げ出てきたイチモツは誇らしいほどに、鋭角にそそりたっていて、それに視線をやった玲香がハッと息を呑むのがわかった。

専太郎は玲香を高さ一メートルほどの棚につかまらせて、腰を後ろに引き寄せる。

長襦袢の裾をまくりあげて、着物と同様に帯に挟んで落ちないようにすると、丸々としたヒップがこぼれでた。

ハート形に張りつめた尻は立派で、量感がある。そして、仄白い肌が小屋の

薄暗がりに浮かびあがっている。

　専太郎はいきりたつものを尻たぶの底に押し当てて、慎重に埋め込んでいく。入口は窮屈だったが、いったんそこを切り開いていくと、あとは吸い込まれるように奥にすべり込んでいって、

「ぁあうぅぅ……！」

　玲香が顔をのけぞらせた。

　素晴らしい包容力だった。海に近いところに建った小屋のせいで、空気は冷たい。そのせいか、玲香の体内をいっそう温かく感じる。

　しかも、まだ何もしていないのに、粘膜がうごめきながら硬直に吸いついてきて、すごく具合がいい。

「あっ……あっ……あっ……」

　挿入しただけで、玲香はがくん、がくんと震えている。

「気持ちいいですか？」

　後ろから訊くと、

「はい……すごく……恥ずかしかったけど、思い切ってよかったわ」

「俺も初めてですよ。漁師小屋でするのは……すごく昂奮します」

「ああ、わたしも……わたしもすごく昂奮します。ぁあああ、ねえ、動かしてください。ぁああ、突いてください」

玲香が腰を後ろに突きだしてくる。

専太郎はウエストをつかみ寄せて、ゆったりと腰をつかう。すると、いきりたちが蕩けた肉路を行き来し、ぐちゅぐちゅと音がして、

「ぁあああああ……いいのよぉ」

玲香はもっと深くちょうだい、とばかりに、自分から腰を振って、せがんでくる。

専太郎は期待に応えて、激しく腰を叩きつける。パン、パン、パンッと乾いた打擲音が小屋に響いて、

「あんっ、あんっ、あんっ……」

玲香が身体を前後に揺らしながら、結われた黒髪をのけぞらせる。

そこで専太郎はいったん律動《りつどう》を休み、着物の袖の付け根にある身八《みや》つ口《ぐち》から手をすべり込ませる。

長襦袢の裏側へと手を押し込むと、意外にすぐのところに乳房のふくらみがあって、それをつかんだ。

「ああ、身八つ口までご存じなのね?」

「はい、一応勉強しています。こうするのは、初めてですが……」

「ああ、これすごく昂奮する。ぁああ、ダメっ……乳首はダメっ……弱いの。そこはダメです……ぁあぅぅ」

玲香が顔を左右に振って、訴えてくる。

専太郎は右手で乳房をじかに揉みしだき、頂上の突起をこねた。くりくりと左右にねじり、かるく圧迫する。すると、それがいいのか、

「ぁあああ、それ……!」

玲香が顔をのけぞらせる。

蓉子もそうだったが、玲香も多少強く乳首を刺激されたほうが、感じるようだ。女体が熟れてくると、乳首を強く愛撫されたほうが感じるのだろうか?

あるいは、玲香もマゾっ気があるのだろうか?

たわわなふくらみがいつの間にか汗ばんできて、じっとりと乳肌が指にまと

わりついてくる。そして、乳首は今やもう完全に勃起して、そのカチカチになった突起を圧迫しながら、引っ張ったり、左右にねじったりする。

「ぁあぁ、あんっ、ぁあんっ……あぁん……あぁ、突いてください。今よ、突いて。思い切り突いて。奥までちょうだい！」

玲香がさしせまった様子で言い、棚をつかむ指に力を込めた。

専太郎は乳首をこねながら、腰を入れてまわす。

すると、切っ先が奥の院をぐりぐりとこねて、玲香ががくん、がくんと震えはじめた。

「ぁああ、イクわ……イキます……乳首を強く……あぁぁ、そうよ。ああ、奥を、奥を……ああぁ、そう……イクわ。イク……イカせてください」

玲香が訴えてきた。

「いいですよ。イッて……そうら」

専太郎が言われたように乳首を押しつぶし、奥のほうの扁桃腺に似たふくらみをぐりぐりとこねたとき、

「イク……くっ……！」

玲香は操り人形の糸が切れたように、ばったりとその場に崩れ落ちていった。

2

二人は江ノ島の仲見世通りの途中にある古い旅館に来ていた。

玲香があのつづきを一刻も早くしたがったのだ。専太郎も同じ気持ちだった。もっとも近いのが仲見世通りの坂の途中にあるこの旅館だった。

空いているかと訊ねたところ、素泊りならできると言われて、玲香が部屋を取った。

二人は風呂につかり、浴衣《ゆかた》に袢纏《はんてん》をはおって部屋の広縁にある一対の籐椅子に腰をおろしていた。

「ゴメンなさいね、急にこんなことを頼んで」

玲香が申し訳なさそうに、専太郎を見た。浴衣に着替えても、玲香は美しかった。

蓉子はシャープな感じのする美人だが、玲香はとことん穏やかで一見、淑やかな貴婦人に見える。だが、ついさっき漁師小屋で体験したような激しい感情を秘めているのだ。

「いえ、いいんです。私も明日はガイドは休みですし……家に帰っても待っている人はいませんから。あなたのようなお美しい方とこうなって、夢を見ているようですよ」

「ふふっ、お上手ね。うかがっていますよ」

「えっ、何を、ですか？」

専太郎は不安になって、聞き返した。

「女性にすごく人気のあるガイドさんで、女性からご指名がかかることもあるって……」

そう言って、玲香がちらりと上目づかいに見た。

おそらく、蓉子のことだろうが、どこから洩れたのだろう？

「いえいえ……ご指名がかかったのは、たまたまですよ。たまたま気に入ってくださった方がいただけで……」

「そうかしら？」

「そうですよ」

「……ガイドの仕事はほとんどボランティアなんですってね？」

「ええ。もともとＮＰＯ法人ですから、お金を儲けてはいけないんですよ」

「もったいないわね。今、月にお幾らくらい収入があるんですか？」

「一回につき、だいたい三千円ですから、せいぜい数万ってところでしょうか」

「数万？　あなたほどのガイド能力をお持ちで数万なんて、あり得ないわ」

玲香が籐椅子から立ちあがり、専太郎の前にしゃがんだ。

「お話があるんです。じつはわたし、今、ガイドの会社を作ろうかと考えているんです」

「えっ……？」

あまりにも意外な話だった。

「鎌倉ツアーに参加したのも、じつはそれが頭にあって……そうしたら、あなたに出逢って……声をかけるなら、まずはあなたにと思っていたんですよ。そうしたら、今日、シーキャンドルで偶然再会して……これはやはり運命かなと思っていたんです」

「……でも、なかなか言ってくれませんでしたね？」

「……ふふっ、それどころじゃなかったのよ」

「えっ……？」

「もう、いいでしょ。そのことは」

　伶香が婉然《えんぜん》と微笑んだ。

「とにかく、今日こうしてあなたに再会したのも、こういうことなったのも、何かの運命だと思うの。ガイドのプロになるという話、真剣に考えていただきたいんです」

　そう言って、玲香は浴衣越しに専太郎の太腿に手を置いた。

「でも、ガイドの会社を営利目的で作るのは、難しいと思いますよ。現に、ボランティアで廉価でガイドをやってくれる組織があるんですから、それに勝つのは容易なことではないです」

　専太郎は率直な意見を述べる。

「わかっています。でも、たとえば小暮さんはガイドのプロとして、もっとお金をもらうべきだわ。もちろん、もっとガイドの技能を磨く必要はあると思いますが。ガイドの技能に磨きをかけて、その分、たくさんのお金をもらえばいいのよ。小暮さんなら、充分におできになるわ。失礼ですが、今、お幾つ？」

「五十三歳ですが……」

「男性の平均寿命が八十一歳ですから。まだ、二十八年もあるんですよ。その間にもう一旗あげることをお考えになられたらいいわ。ばりばりガイドの仕事をやられて、今の何倍もお稼ぎになれば、もっと生き甲斐が出てくるんじゃないかしら？」

玲香が真剣な表情で言う。

「……確かに、そうかもしれませんね。私も七十くらいまでは、ばりばり働けるような気がします」

「そうですよ。それに、小暮さんはここも……」

と、玲香が浴衣の上から股間のものを撫でさすって、

「すごくお元気でいらっしゃるし……さっき、びっくりしちゃったわ。あんまりお元気なんで……うちの主人なんか、晩年はもうほとんどダメだったんです

よ……小暮さんのガールフレンドが羨ましいわ」

　玲香が股間を撫でながら、目を細めて見あげてくる。すでに髪は解《ほど》いていて、黒光りするストレートヘアが肩や胸に散っている。

　蓉子や祥子のことが脳裏をよぎった。確かに、二人とは肉体関係を持ったが、ガールフレンドというのとはちょっと違う。

「ガールフレンドなんて、いませんよ」

「ほんとうかしら？」

「ほんとうです。私のようなオッサンにいるわけないですよ」

「おかしいですね。さっき、漁師小屋ですごく慣れているなって……」

「それは、昔取った杵柄《きねづか》ってやつです」

「いいわ。これ以上は追及しないことにします」

　玲香がちらちらと見あげながら、浴衣の股間をさすってくるので、それに力が漲ってくる。髪を結っているときより、やさしげで艶かしい女の色気がむんむんとあふれている。

「硬くなってきたわ」

無邪気な少女のように言って、玲香は浴衣の前をはだけて、ブリーフに包まれた股間にキスをしてきた。

ちゅっ、ちゅっと唇をふくらみに押し当てて、下のほうからなぞりあげ、イチモツが形のわかるほどにブリーフを持ちあげると、ブリーフごとそれを握ってしごいた。

「きみ、まだまだ元気一杯ね。今度はしっかりと出させてあげるから、覚悟していらっしゃい」

玲香は分身に語りかけて、ブリーフを引きおろした。転げ出てきたイチモツを見てから、

「さっき、これがわたしのなかにいたのね。舐めていい？」

顔をあげて訊いてくる。

「もちろん……」

玲香は肉棹をおずおずと握り、ゆっくりとしごきながら言った。

「ひさしぶりだから、上手くできないかもしれないわ」

「あなたのような美人にしてもらえるなら、それだけで充分ですよ」

「ふふっ、お上手ね。こういうところが、女性に支持される理由なのね」

玲香が顔を寄せて、裏筋を舐めてきた。根元から先端にかけて裏のほうに舌を走らせ、それから、亀頭部にキスをする。

ちゅっ、ちゅっと唇を押しつけ、鈴口《すずぐち》に沿ってちろちろと舌を走らせる。そうしながら、肉棹を握りしごくことを忘れない。

亀頭冠の周りに舌をぐるっと一周させ、上から頬張ってきた。ぐちゅ、ぐちゅと唾音とともに先端を中心に唇をスライドさせながら、根元をきっちりとしごいてくる。

「おおぅ、気持ちいいです」

思わず感想を言うと、玲香は吐き出してにこっとして、それから、袢纏を脱ぎ、浴衣を腰までおろした。もろ肌脱ぎになって、たわわな乳房がこぼれている。

青い静脈が透け出るほどに色白の乳肌が大きくせりだしていて、専太郎が最近相手にした誰よりも、胸は大きい。

垂れる寸前でたわわに実っている感じで、迫力がある。

玲香がすっと胸を寄せてきた。そして、左右の乳房で勃起を両側から包み込んできた。

（えっ……パイズリ？）

淑やかで高貴なはずの葉山の令夫人が、まさかのパイズリをする。そのことに、専太郎は昂奮してしまう。

玲香は左右の乳房を交互に揺らし、その柔らかな肉層で屹立を揉み洗いするように、押しつけて、

「じつは、亡くなった主人がこうされるのが好きだったの。お前の胸は大きくて柔らかいから、パイズリされると天国だって……」

「そうですか……」

「こうしたら、もっと良くなるわ」

玲香が上から唾液を落とした。窄《すぼ》まった唇から泡立つ液体がツーッと落ちていき、乳房の谷間から顔を出している勃起にかかる。

玲香は何度も唾液を落とすので、亀頭部や乳房がぬるぬるになり、その状態でパイズリされると、快感が撥ねあがった。

「どう、気持ちいいでしょ？」

「はい……唾が潤滑油代わりになって、とても気持ちいい」

「こんなこともできるのよ」

玲香が顔を深く伏せて、巨乳の谷間から顔をのぞかせている勃起の頭部をちろちろと舐めた。

舐めながら、左右の乳房を交互に揺らすので、屹立が揉み抜かれて気持ちがいい。

「くぅぅ、信じられない。あなたのような方がこんなことを……おおぅ、くぅぅ、気持ちいい」

玲香はセピア色の乳首を肉柱に擦りつけて、もう我慢できないとでも言うように、腰を振っている。

玲香は胸を離して、口だけで頬張ってきた。

両手で専太郎の太腿を撫でながら、「んっ、んっ、んっ」とつづけざまに大きくストロークしてくる。

陰毛に唇が接するまで頬張って、そこで、しばらくじっとしている。

そこで、専太郎はふと思いついた。玲香はおそらくマゾだ。もしそうなら、多少破廉恥《はれんち》なことを強要されることに、悦びを覚えるはずだ。実際にマゾかどうか、試したくなった。いや、それ以上に、葉山のマダムに恥ずかしいことをさせたかった。

「オナニーしてください」

突然命じると、玲香がエッという顔で専太郎を見あげてきた。

「オナニーするんです」

強く命じてみる。

玲香は拒まない。それどころか、いけない人ね、とばかりに専太郎も見てから、右手を下腹部に左手を乳房に伸ばした。

怒張を深く頬張ったままで、乳首を指でこね、下腹部をさする。

すぐに、腰がくねりはじめた。呻《うめ》くような声も洩れる。

それから、思い出したように顔を打ち振って、怒張を追い込もうとする。

「んっ、んっ、んんっ……」

と唇を往復させていたが、やがて、咥えていられなくなったのか、肉棹を吐

き出して、

「ああ、ゴメンなさい。できないわ。わたし、二つ一緒にはできない。ぁああああ、気持ち良すぎてダメなんです……あっ、ぁああうぅ」

玲香は専太郎の前にしゃがんだまま、自ら乳房を揉みしだき、太腿の奥を指で擦っている。

やはり、この人はマゾなのだと確信した。

「指を入れなさい」

命じると、玲香は羞恥に顔を赤らめながらも、おずおずと中指を体内に押し込んだ。

「ああ」と喘いで、濡れ溝を指で抜き差しする、ネチャ、ネチャという音が聞こえ、腰が揺れはじめた。

「ぁああ、もうダメッ……」

「じゃあ、口に入れますよ。いいですね？」

「はい。お口にちょうだい」

玲香が嬉しそうに言う。

専太郎はふっくらとした赤い唇の間に、屹立を押し込んでいく。

そして、後頭部をつかみ寄せながら、腰をつかう。

イラマチオしたのは、玲香がM的な資質を持っていると確信したからだ。

唾液まみれのイチモツが上品な唇の間を行き来して、玲香は強制フェラチオされながら、自分で翳りの底に指を出し入れしている。

「んんっ……ぐふっ……」

噎せて、肉棹を吐き出した。

それから、また肉棹を頬張り、今度は自分から顔を振りはじめた。

自ら唇を大きく、素早くすべらせながら、右手の指を体内に叩き込み、

「んんんっ……んんんっ……」

眉を八の字に折りながらも、いやがってはいない。むしろ、自ら苦しみを選びとっているような雰囲気がある。

するうちに、しゃがんだ玲香の身体が痙攣をはじめた。そして、肉棹を咥えたまま、がくん、がくんと躍りあがった。

気を遣ったのだろうか、肉棹を吐き出して、広縁にどっと倒れ込んだ。

3

ぐったりした玲香をベッドまで運んでいき、浴衣を脱がせて、寝かせた。広いダベルベッドに一瞬仰向けになった玲香が、恥ずかしそうに身体を横に倒した。

専太郎は両手を万歳の形に押さえつけて、上からじっと玲香を見る。両手をあげさせられ、大きな乳房をあらわにされた玲香は、

「……小暮さん、思っていたよりずっとSなのね」

下から、専太郎を見あげてくる。

「決してSってわけではないですが、玲香さんがそれを求めているような気がして……違いますか？」

「……違わないわ。すごいわね。人を見抜く力もあるのね」

「亡くなったご主人がSだったんじゃありませんか？」

「……なぜわかったの？」

「何となく。あなたからはそういう雰囲気がしますよ」

「……じつはわたし、辱《はずかし》められると燃えるのよ」

玲香がアーモンド形の目を向ける。その目はすでに潤んでいて、ぼうとした様子が色っぽい。

「最高の女性ですね。あなたのような高嶺《たかね》の花を辱められるって、男にとっては最高の贅沢です。でも、私はSではないので、ご主人のようにはいかないと思いますよ」

「いいのよ、それで……主人と同じだったら、面白みがないわ」

「そう言っていただけると、気が楽です」

専太郎は素晴らしい裸身に見とれた。

両手をあげて押さえつけられているので、乳房が少し縦に伸び、巨乳ゆえに縦長のふくらみが圧倒的な存在感を持っていた。

むっちりとした太腿はよじりたてられているが、黒々とした濃い翳りが三角に流れ込んでいて、成熟した女の色香がむんむんと匂い立っている。

専太郎はあらわになっている腋の下にそっと顔を寄せた。

先日、蓉子に教えられた愛撫である。

きれいに剃毛《ていもう》された腋はつるつるだったが、わずかに甘酸っぱい汗と腋の香りが付着していて、そこをぺろっと舐めると、

「ぁあぁ……ダメぇ」

玲香が必要以上に恥ずかしがって、腋を閉じようと裸身をひねる。

「いい匂いがしますよ。玲香さんのいやらしい匂いがする。きっと、オマ×コも同じ匂いがするんでしょうね」

意識的に言葉でなぶる。

「ぁああ、言わないで……そんな恥ずかしいこと言わないで……ぁあああ、舐めないで、恥ずかしい……はぁあああぁぁぁ」

羞恥に身を揉み、玲香は顔を大きくのけぞらせる。

閉じようとする肘をつかんで押しあげながら、専太郎は腋の窪みに接吻し、吸いつく。すると、玲香はますます激しく喘ぎ、いやいやをするように首を振る。

唾液まみれの腋の下をぬるっ、ぬるっと舐めると、玲香の様子が変わった。

「あっ……あっ……ぁあああうぅぅ」

完全に感じているようで、右手の小指を噛んで、喘ぎをこらえる。

専太郎は腋窩から二の腕へと舐めあげていく。二の腕の内側にはしなやかな贅肉がついていて、柔らかくて気持ちがいい。

二の腕を撫でさすり、肘の上へと舌をすべらせていき、玲香の左手をつかんだ。

細い手首をつかみ寄せて、まっすぐに伸びたあまり生活感のない指にしゃぶりつく。人差し指と中指を同時に口におさめ、なかでくちゅくちゅと舐めたり、スライドさせて頬張る。

「ぁあああ、気持ちいい……どうして、こんなに感じるの？　ぁあああ、ぞくぞくする……ぁあああ」

玲香が実際に感じているのは、きめ細かい白絹のような肌が粟立《あわだ》っていることでわかる。

専太郎はここぞとばかりに二本指を舐めながら、空いているほうの手で乳房をつかんで揉みしだく。するとそれがいいのか、

「ぁあああ、ぁあああ……ねえ、ねえ……」

玲香が何かを求めるように下腹部をせりあげてくる。

すでに両足が開いていて、漆黒の翳りとその下の女の谷間があらわになっていて、黒々とした恥丘がぐいぐいと持ちあがってくる。

「あそこを触ってほしいのですか？」

「はい……ああ、恥ずかしい」

「あそこって、どこですか？　ちゃんと言わないと、しませんよ」

「ああ、意地悪だわ」

「そうですよ。私は意地悪なんです。どこを触ってほしいのかな？」

言いながら、専太郎は乳首をつまんで、くりくりと転がす。

「ぁあああ……あそこです。あそこです」

「それではわかりませんね。ちゃんと言いなさい」

「……言わなくてはいけませんか？」

「はい……言わないとダメです」

玲香はそれでも言いよどんでいたが、欲望に負けたのだろう、

「オ、オマ……」

語尾が消えてしまって、聞き取れない。

「それではわかりません。最後まできちんと言って。言いなさい！」

カチカチになった乳首をぎゅうとつまんでやる。

「くうぅ……言います、言います……ぁああ、オ、オマ×コ……」

そう言って、玲香は顔をそむけた。黒髪からのぞく耳元まで真っ赤になっている。どうやらブリッコを装っているのではなく、心底から恥ずかしがっているようだ。

この時代になっても、女の羞恥心と奥ゆかしさを保っている女性がいることに、専太郎は感動さえ覚えた。意地悪く、畳みかける。

「もう一度……」

「オ、オマ×コ……」

「つづけて」

「オマ×コ……オマ×コ……ぁああ、もう許して！」

「いいでしょう」

専太郎は体をおろしていき、足の間に腰を割り込ませ、膝をすくいあげた。むちむちした足が持ちあがり、M字に開いた太腿の間に、翳りとともに女の祠が口をひろげていた。

さっきフェラチオしながらオナニーしたせいだろう、ぷっくりとした肉饅頭のような肉厚の陰唇がひろがって、内部の赤みをさらしている。

そこはたっぷりと脂《あぶら》がのっていて、いかにも具合が良さそうだった。実際に漁師小屋では肉棹が蕩けそうだった。

専太郎はぽってりと充実した陰部にしゃぶりついた。狭間に舌を走らせ、下からなぞりあげる勢いそのままに上方の肉芽をピンと弾くと、

「ぁあぁうぅ……！」

玲香が顎をせりあげた。

どうやらここがいちばんの性感帯らしい。陰核も大きめで、発達している。

専太郎は莢《さや》をくるっと剥いて、現れた本体をちろちろと舐める。肉真珠を舌で細かく横に弾き、縦に大きく舐める。

クリトリスの根っこをつまんでぐりぐりし、飛びだしてきた珊瑚色のふくら

みをいろいろな角度から舐め、舌で突つき、かるく吸う。

「いやぁあああ……くっ、くっ！」

玲香はブリッジするみたいに腰を浮かせ、ぐいぐいと突きあげてくる。

陰核を吐き出すと、腰を落として、はあはあと荒い息を弾ませる。

専太郎は膝をすくいあげて、いきりたつものを寄せた。どろどろに蕩けている膣口に押し当てて、慎重に腰を進めていく。切っ先が肉路を押し広げていって、

「ぁあああ……！」

玲香が顔を大きく反らせ、シーツを鷲づかみにした。

玲香のそこは、漁師小屋のときよりも熱く滾っていて、包容力も強い。奥まで届かせただけで、全体がうねりながらからみついてきて、専太郎はその性能の良さに奥歯を食いしばった。

専太郎は膝裏をつかんで、力強く叩き込んでいく。

すると、玲香は両手を頭上にあげ、右手で左の手首をつかんだ。さっき、専太郎が取らせたポーズである。それを玲香はごく自然にしながら、

「あんっ、あんっ、ぁあん……いいのよ。いいの……ずんずん来るわ。ああ、玲香をメチャクチャにしてください」

顔をゆがめて、訴えてくる。

その言い方に慣れを感じた。おそらく、亡くなった亭主とこうやってセックスを愉しんでいたのだろう。

両手を頭上にあげて手を繋ぐことで、女性はすべてをさらした無防備な状態になる。それがM心をかきたてるのに違いない。

「そうら、メチャクチャにしてやる」

期待に応えようと、専太郎は膝裏を強くつかんで押しつけながら、浮きあがった膣めがけて、鉄槌《てっつい》を振りおしていく。

膣と勃起の角度がぴたりと合って、障害物がなく奥まで届いていく感じがある。

玲香もこの体位がいいのか、両手をあげて乳房や腋の下をさらして、

「あん、あん、ぁああん……」

大きく喘ぐ。

専太郎はもっと玲香を悦ばせたくなった。膝を離して、前に屈み、乳房をつかんだ。片手ではとてもつかみきれない豊かな乳房をぐいぐい揉みしだき、乳首をつまんで転がし、さらに、両方の乳首を横から手指でつづけて叩く。

左右の乳首がぎりぎりまで勃起して、痛ましいほどにせりだしている。

硬くなった乳首が揺れて、その振動が下腹部にも伝わるのだろう、玲香は専太郎の腰に足をからめて、濡れ溝を押しつけてくる。

「ぁああ、乳首を……乳首を……」

眉根を寄せて、専太郎を見た。

「乳首を……？」

「噛んで」

「噛んで、いいんですか？」

「はい……いいの。お願い、噛んで！」

玲香が今にも泣き出さんばかりの顔で訴えてくる。

玲香が自分でしてくれと言うのだから、いいのだろう。専太郎は首を折り曲げて、乳房の頂上を舐めた。ねろり、ねろりと舌を這わせると、

「あんっ……あんっ……」

玲香はぶるぶる震えて、訴えてくる。

「噛んでください」

うなずいて、専太郎は乳首にしゃぶりつき、まずは吸った。と、ゴムの哺乳瓶の吸い口みたいに乳首が伸びて、

「ぁあああ、いいの……」

玲香が悩ましい声をあげる。

いったん吐き出して、乳暈を甘噛みする。かるく歯列を当てて、ゆっくりと力を込めると、歯が乳暈とともに乳首の根っこに食い込んで、

「ツーッ……！」

玲香は歯を食いしばって、痛みに耐えている。専太郎がゆるめると、

「もっとして。気をつかわないで」

玲香が間髪《かんはつ》を入れずにせがんでくる。

（ええい、知らないぞ！）

専太郎はふたたび歯列を食い込ませる。ゆるく噛んで、じっとしていると、

「ぁあああ、いいの……ジーンとしてきた。ぁあああ、イキそう」

玲香が専太郎の腰を足で引き寄せて、ぐいぐいと濡れ溝を擦りつけてくる。と、玲香の膣がびくびくっくと収縮して、イチモツを締めつけてくる。

「くうぅぅぅ！」

専太郎は強烈な食いしめをこらえた。自然に強く乳首を噛むことになって、

「ぁあああああ！」

玲香が悲鳴をあげて、がく、がくんと躍りあがった。

気を遣ったのだろうか？　しかし、まだ専太郎も射精していない。

乳首から口を離して、上体を立てた。

玲香のすらりとした足をつかんで、肩に置いた。両足をそれぞれの肩に担ぐようにして、ぐっと前に屈む。

両手がシーツに突くまで前屈みになると、専太郎の顔のすぐ下に玲香の顔が見えた。

裸身が腰から大きく二つに曲がっているので、そうとう苦しいはずである。

だが、玲香はこの苦しみを快感に変える能力を持っているのだ。

乱れてシーツに散った黒髪の中心で、優美な顔がどこかうっとりとした表情を見せている。

専太郎は上から打ちおろしていく。真上から、槌《つち》を振りおろすと、肉棹がぐさりと膣に突き刺さっていき、

「ぁあう、くうぅっ……！」

玲香が専太郎の両手をつかんで、ぎゅうと握ってきた。

「このまま、出しますよ。いいですね？」

「ああ、ちょうだい。このまま、ちょうだい。いいのよ、もっと激しくして。玲香をメチャクチャにして。粉々にして」

「粉々にしてやる。そうら」

専太郎は上から屹立を叩き込んでいく。

体重を屹立一点に集めて、打ちおろすと、切っ先が深いところをえぐっていくのがわかる。

「ぁああ、あああ……イキそう。イクわ……」

玲香がますます強く専太郎の腕を握りしめてくる。

乱れ髪から優雅な顔をのぞかせ、今にも泣き出さんばかりに眉を八の字に折って、さしせまった様子で訴えてくる。

専太郎も射精に向かって、強く叩き込んでいく。ぐいっ、ぐいっと打ちおろしてえぐると、そのたびに、玲香はたわわな乳房を豪快に揺らして、

「あんっ、あん、ぁあん……イキそう。ちょうだい……」

潤みきった瞳で見あげてくる。

「イキますよ。出しますよ。うおおおっ！」

吼《ほ》えながら屹立を叩き込んだ。熱いうねりが押しあがってきて、玲香の体内で分身が躍りあがった。

「あん、あん、あんっ……イキます……やぁあああああぁぁぁ、くっ！」

玲香が仄白い喉元をさらして、顔をのけぞらせた。

それから、がくん、がくんと震えている。

今だとばかりに、専太郎ももう一太刀浴びせたとき、ツーンとしたエクスタシーが背筋を貫いていき、放ちながら下腹部をぴったりと密着させる。

熱い男液を受け止めながら、玲香はのけぞったまま静止している。

やがて、放出が終わり、専太郎はがっくりとなって女体に覆いかぶさっていく。

頑張りすぎたせいか、ゼイゼイという荒い息づかいがちっともおさまらない。

どういうわけか今回は、琵琶の音が聞こえなかった。

きっと琵琶の音でかきたてなくても、専太郎がきっちりと女性をイカせられるようになったからだろう。今夜もその弁財天のお膝元で女性を抱いているのだから、きっとどこからか見守ってくれているに違いない。

専太郎が結合を外して、隣に横になると、玲香がにじり寄ってきた。

とっさに腕枕すると、玲香は横臥してこちらに顔を向け、

「すごく良かった……これからもつきあってくださいね」

そう言って、専太郎の胸板をかわいく撫でてきた。

第五章　新会社の新人ガイドと

1

しばらくして、松浦玲香がガイド会社『悠々ガイダンス』を設立して、専太郎もその主要メンバーとして参加することになった。

『悠々ガイダンス』は鎌倉だけのガイドに限らず、関東全般のガイドを仕事としており、各県、各地方に支部が置かれている。これまでのボランティアが行ってきたガイドと違うのは、会社が様々なツアーを企画、立案し、それに応募した参加者によってツアーが行われるということだ。

そういう意味では、ガイド兼ツアーコンダクターでもあった。

普通のツアー会社と異なるのは、そのツアーがあくまでも、『歩き』を基本としたものであることだ。乗り物を乗り継いだり、バスを利用するなら、そのへの旅行会社と一緒だ。しかし、会社はあくまでもウォーキングを基本としていた。

専太郎としてはこれまでのボランティア・ガイドでもよかったのだが、玲香に『もう一花咲かせましょうよ』と背中を押され、肉体接待を受けると、断れなくなった。

専太郎は主要メンバーとして、神奈川地区のリーダーを任されている。

会社が動きだしてしばらくは、名前の浸透度も低く、またボランティア・ガイドと較べて高額なために、なかなか客が集まらなかった。だが、玲香が亡夫から受け継いだ遺産は莫大なもので、運転資金は豊富であり、それが会社の強みだった。

試行錯誤をしつつ、様々な媒体に取り上げられたこともあって、徐々に客が集まりだした。

なかでも、人気があったのは、専太郎によるガイド・ツアーだった。

自分でもなぜこんなに客が集まってくるのか、よくわからない。多くはオバサンだったが、なかには若い女の子もいた。

専太郎の笑顔がかわいいし、声がステキだと言う。

オバサンのなかには、自分の名前を耳元で囁いて、好きです、と言ってくれという者もいた。『○○さん、好きですよ』と耳元で囁くと、オバサンたちは大喜びした。そのうちにその評判がひろがって、専太郎のツアーに参加した多くの女性（そのほとんどが、人妻だった）が、耳元での囁きを求めるようになった。

専太郎は言われるままに、そのサービスを実行した。お客さんが喜んでくれるのだったら、そのくらいはお安いご用だ。

そして、それは小田原城を見学して、熱海で一泊するというツアーの夜に起こった。

この日は、社長である松浦玲香も身分を隠して、ツアーに参加していた。社員の働きぶりを監視するという名目だったが、実際は熱海に一泊して、専太郎と一夜を過ごしたいのではと専太郎は思った。

問題だったのは、同日に、まだ若い見習いガイドである石原茜里《いしはらあかり》が専太郎の助手としてツアーに参加していたことだ。

茜里は二十三歳で、大学を卒業して『悠々ガイダンス』に就職した。

もともと旅行が好きで、旅行会社に入りたかったらしいのだが、どうもそのブリッコすぎる態度がネックですべての旅行会社に落ち、できたばかりの『悠々ガイダンズ』に入社した。

後でわかったことだが、社長の玲香は彼女の入社に反対したらしいのだ。だが、人材不足であったし、面接をした今の副社長が、そのブリッコぶりに閉口しつつも、元気であるし、男のツアー客には受けるだろうからと、茜里を強引に入社させたらしいのだ。

食事処での夕食を終え、専太郎は部屋に戻った。

一日ガイドを勤めると、さすがに疲れる。とくに今回は、玲香社長と茜里が喧嘩しないように気をつかいっぱなしだったから、余計にぐったりした。

しかし、これで終わったわけではない。

もう少ししたら、玲香のお相手をしなければいけない。玲香は今、一般客のフリをして、参加者たちと雑談をし、情報をさぐっている。それが終わり、温泉に入ってから、専太郎に連絡を寄こすことになっている。

おそらく、彼女の部屋に呼ばれて、お相手をつとめることになる。

それまで、体を休めておきたい。

シャワーを浴び、浴衣に着替えて、部屋で寛いでいると、コンコンとドアをノックする音がした。

(玲香さんか？　やけに早いな)

ドアを開けると、そこには、石原茜里が立っていた。

浴衣に袢纏をはおった茜里が、顔を赤く染めて、ふらふらしながら立っている。明らかに酔っている。しかも、べろんべろんだ。

「どうした？　酔ってるだろ？」

「はーい、酔ってまーす。お客さんに呑まされちゃいました。わたし、もうダメれす」

茜里がしなだれかかってきた。ものすごい酔い方だ。吐く息が酒臭い。

「困ったな……。とにかく、少し休んでいきなさい」

このまま茜里に旅館のなかをうろつかせる訳にはいかない。何をしでかすかわかったものではない。

専太郎は茜里を部屋に入れて、ドアを閉める。

八畳で広縁付きの和室には、すでに布団が敷いてある。広縁には、籐椅子が二つ向かい合う形で置いてある。そこまで茜里を連れていこうとしたものの、茜里はあまりにも酔っていた。

茜里が身体を預けてきたので、布団の上に二人はもつれるように倒れた。

「もうダメれす」

と、呂律《ろれつ》のまわらない茜里は、布団に仰向けになった。

ドキッとした。大きな目を閉じているが、ミドルレングスの髪がそのアイドル系のかわいらしい顔にかかり、浴衣の裾がはだけて、色白のむちっとした太腿が半分ほど見えてしまっている。

「呑みすぎだよ。困ったな……」

「先輩、女の人にモテモテですよね。どうして、そんなにモテるんですか？　だって、そんなにイケメンじゃないし……確かに、知識はすごいし、ガイドも上手いですよ。でも、へんですよ。オバサンたち耳元で囁かれて、きゃあきゃあ喜んでる。どうしてなんですか？　そのコツを教えてくださいよぉ。どうしたら、そんなにお客さんに支持されるんですかぁ？」

茜里が下から、見あげてくる。ぱっちりした目が酔いで赤くなり、首すじも朱に染まり、浴衣の襟元から乳房のふくらみが少しのぞいている。

目鼻立ちがくっきりしているし、ひとつひとつが大きいから、見とれてしまう。ドギマギしながらも、ここは冷静にと、専太郎は言った。

「どうって？　普通にしてるだけだよ。みなさんひとりひとりが愉《たの》しめるように、最善を尽くしてる。それだけだよ……悪いが、手を放してくれないか？」

専太郎は背中にまわっている茜里の手を外そうとする。

「ええ、ウソだわ、絶対にウソ……だって、お客さん言ってるよ。何回もツアーに参加して親しくなると、小暮さん、寝てくれるんだって」

「えっ……？」

おそらく、葉月蓉子のことを指しているのだろう。まあ、玲香も最初は客だったが。しかし、どうして女の人はぺらぺらと秘密をしゃべってしまうのだろう？

「違うよ。そんなのはデマだよ」

専太郎は否定する。

「そうかな？　だって、わたしじかに聞いたんだよ。葉月蓉子さんから。友人の桜井香奈子さんとも寝たって言ってたわ。香奈子さん、それまで全然感じなかったんだけど、小暮さんに抱かれたら途端に感じるようになったって……」

「本人から聞いたの？」

「はい……わたし、けっこうお客さんと溶け込むのが得意だし、酔っぱらっていろいろと話すと、向こうも警戒を解いて、ぶっちゃけた話をしてくるから。相手の警戒心を解かせるの、得意なんです」

「……うぅん。その話、絶対に他の人には言わないでくれよ」

「わかった。でも、わたし酔っぱらうと口がかるくなるから、しゃべっちゃうかもしれないな。たとえば、今日来ている玲香社長とかにも……」

茜里の大きな目がきらっと光った。

「それは困るよ」

「そうですよねえ。だって、小暮さん、社長の愛人ですもの」

「はっ……？　バカなことを言うな」

専太郎は必死に否定する。

「見てれば、わかるわよ。玲香社長、小暮さんと接するときは態度が明らかに違うもの。隠してたって、見え見えよ。女にはわかるんです……今日だって、あれでしょ？　今から、社長相手に肉弾接待ですよね」

「人聞きの悪いことを言わないでくれ」

「じゃあ、蓉子さんから聞いたこと、社長に報告しちゃお」

茜里が恐ろしいことを言う。

「ダメだって、それは」

「茜里の言うことを聞いてくれたら、黙っていてもいいよ」

「……何だよ？」

茜里がくるりと身体を入れ換えて、専太郎の腹にまたがった。

そして、袢纏を脱ぎ、浴衣の腰紐を外した。

浴衣を肩から抜くように脱いだので、ぶるんと大きな乳房が転げでてきた。

デカい。若い女でこんな巨乳は初めてだ。E、いやFカップはあるのではないか？　グレープフルーツみたいな丸々とした双乳が突き出ていて、乳暈はひろいのに、乳首は小さい。色がセピア色なのは残念だが、これはこれである意味、生々しくていい。

「茜里、二十三歳にもなって、あまり感じないの。だから、感じるようにしてほしいの。香奈子さんにしたみたいに」

茜里がかわいく見つめてくる。明らかにブリッコをしている。

「今は無理だよ。悪いけど……」

「どうしてよ？　社長とこの後でするからでしょ？」

「いや、まあ……」

「だったら、その前にして。今しなきゃ、またいつになるかわからないもの。小暮さんと同じ旅館に泊まれる今夜がチャンスでしょ？」

「……しかしな……」

「してくれないから、蓉子さんとのことを社長に告げ口するからね。香奈子さんとのことも……お得意様二人としてたって知ったら、社長、どんな顔をするかな？」

茜里は容赦がなかった。というより、上司の弱味を握って、脅してくるのだから、これは相当なタマである。

しかし、明らかに形勢は不利だ。ここは、ひとまず従うしかない。

「……わかったよ。するよ。だから、社長には黙っていてくれ」

「ふふっ、最初からそう言えばいいのよ」

茜里がまたがったまま、上半身を寄せてきた。

前に手を突き、グレープフルーツみたいなふくらみを専太郎の顔面に近づけて、口許に擦りつけてくる。

ここは期待に応えるしかない。それに、茜里は性格に問題はあるものの、かわいいし、オッパイも大きい。茜里とセックスしようとしたら、きっと苦労する。それを、向こうから抱いてと言ってくれているのだから、むしろ歓迎すべきことである。

玲香のことが気にかかっている。だが、社長は準備がととのったら、専太郎に電話をすると言っていた。連絡があったら、対処すればいい。それまでは、茜里を悦ばせることに集中しよう。

2

口許に押しつけられる乳首を舐める前に、まずは、たわわなふくらみをつかんだ。さすがに、感触が全然違う。肉層の厚さや柔らかさが尋常ではない。

指が際限なく沈み込んでいく。

指を食い込ませて、広い乳暈からせりだしている突起を静かに頬張った。

乳暈ごと口におさめて、ちゅっと吸うと、

「あんっ……！」

茜里が顔をのけぞらせた。ふわっとしたウエーブヘアを乱して、大きな目をぎゅっと閉じている。

専太郎は乳首を舌でれろれろしながら、茜里を見る。

ちょっと生意気な感じのする鼻先を持ちあげ、舌の動きに応じて、「あっ、あっ」と声を洩らす。

普通に感じている。さっきは、二十三歳なのに感じないと言っていたが、どうもウソくさい。香奈子の例があるから、そう言ってみたのだろう。

（このウソつきめ……！）

かわいいのに、性格は悪い。さっきも専太郎を脅した。

そんな性悪女を懲《こ》らしめたくなった。いや、懲らしめるというより、感じさせてメロメロにさせたくなった。大人の男がどんなにすごいセックスをするかを思い知らせてやるのだ。そうすれば、多少はいい子になるだろう。

両方の爆乳を揉みしだきながら、片方の乳首を舌で転がしてやる。

じっくりと縦に舐め、素早く左右に撥ねると、突起が硬くせりだしてきた。

そして、茜里は専太郎に覆いかぶさりながら、

「んっ……んっ……ぁあああうぅぅ」

と、気持ち良さそうに腰を振る。

乳首を攻めて腰が揺れるというのは、やはり、相当感度はいいと見た。

最近の若い子は、昔と較べて初体験が早いらしいから、すでに性感帯は磨きがかかっているのだろう。

今度は反対側の乳首を舐め転がしながら、もう一方の乳首を指でくにくにと

こねてやる。と、もう片方の乳首も一気に勃起してきて、

「ぁあああ、気持ちいいよ……気持ちいいよぉ」

茜里は甘い息を吐きながら、胸を押しつけ、持ちあげた尻をもどかしそうに揺すりたてる。

専太郎は右手をおろしていき、柔らかな腹部の下に触れてみる。

剛毛である。しかも、びっしりと密度濃く生えた繊毛が茂っていた。それが流れ込むところはすでにびしょびしょで、指がぬるっ、ぬるっとすべる。

乳首を舐め転がしながら、翳りの底をさすってやると、茜里はくなくなと腰を揺すって、

「ぁああ、これ気持ちいい。こんなの初めて……」

喘ぐように言う。

そんなはずはない。おそらく、ウソだろう。「初めて」というキラーワードをつかえば、男は悦ぶものだと決めつけているのだろう。

（ふんっ、きみの魂胆は透けて見えるぞ。まあいい、とにかくここは感じさせてやろう）

専太郎は同じ姿勢で体をおろしていく。そして、男にまたがる形で足をひろげている茜里の、太腿の奥にしゃぶりついた。

濃い陰毛が繁茂した恥丘の下で、ぷっくりとした肉丘が深い割れ目をのぞかせている。長さもあり、肉厚でもある。

専太郎が陰毛と女陰の接点、クリトリスのあたりをぺろっと舐めると、

「あんっ……！」

茜里がびくっとして、上体を立てた。蹲踞《そんきょ》の姿勢になったので、目の前に茜里の肉饅頭のようにふっくらとした肉花がせまってきた。

さすがにまだ二十三歳のオマ×コ、豊かだが全体は新鮮な感じがする。だが、愛蜜は豊富ですでに全体がぬらぬらと光っている。

専太郎がしゃぶりついて、全体をべろっと舐めると、

「んんっ……！」

茜里がくぐもった声をあげて、上体をまっすぐに伸ばした。

専太郎はM字に開いた太腿を下から支えるようにして、狭間に舌を走らせる。

ぬるっ、ぬるっと粘っこい粘膜が舌にからみついてきて、ヨーグルトに似た味

がする。

「ぁあああ……いいよぉ。先輩の舌、気持ちいい！」

茜里は太腿をぶるぶる震わせる。

専太郎は狭間を舐めあげた勢いそのままで、クリトリスを舌で弾く。小さな肉芽が躍って、「ぁああっ」と茜里は声をあげる。

包皮ごとクリトリスを舌であやすと、茜里は開いた太腿を痙攣させながら、「くっ、くっ……」

と、声を押し殺す。

「ぁああ、気持ちいい……ぁあああ、もっとぉ」

茜里が蹲踞の姿勢で、腰を前後に打ち振った。専太郎の顔面は濡れ溝を押しつけられて、べとべとになる。

さかんに腰を振っていた茜里が身体をすべらせていき、専太郎の浴衣の裾を割って、いきりたつものを握った。

恥ずかしいほどにそそりたっているものを小さな手で握ってしごいていたが、やがて、胸を押しつけてきた。

Ｆカップはあろうという巨乳で、肉柱を包み込んで、柔らかくマッサージしてくる。パイズリである。

この前も玲香にまさかのパイズリをされたが、茜里の胸のほうが大きいせいか、その弾力や包み込んでくる感触ははるかに茜里のほうが上だった。

「気持ちいいでしょ？」

茜里が這うようにして巨乳を擦りつけながら、ちらりと見あげてくる。

そこらへんのアイドルよりかわいいんじゃないかと思うような顔をした女の子が、その爆乳でパイズリをしているのだ。

「ああ、気持ちいいよ、すごく」

「特別サービスだからね。よほど親しくならないと、しないんだから」

茜里が大きな目で見あげてくる。

「ありがとう……」

「だから、小暮さん、わたしにやさしくしてくださいね。プッシュもしてくださいね。小暮さんが後押ししてくれたら、わたしも心強いもの」

「わかってるよ」

「じゃあ、もっとサービスしちゃう」

茜里は唾液を溜めて、双乳から顔を出している肉棹に落とした。それから、左右の乳房で揉むようにして、屹立を摩擦してくる。

乳首を押しつけて、自分も「あっ、あっ」と喘いだ。それから、乳房を離して、肉棹に顔を寄せてきた。

すっぽりと頬張り、大きく顔を打ち振る。そのたびに、さらさらの髪が揺れて、毛先が下腹部をくすぐってくる。比較的大きめの口も、そのぷっくりした唇がまとわりついてくる感触がなかなかいい。

「おおぅ……気持ちいいぞ」

専太郎が訴えると、茜里がちゅっぱっと肉棹を吐き出した。

そして、下半身にまたがってきた。

一糸まとわぬ姿である。二十三歳のまだ若い肉体は肌がきめ細かく、むちむちだ。全体にややふっくらしているが、オッパイが大きいので、バランスが取れている。

茜里は足をM字に開いて、勃起をつかんで太腿の奥に擦りつけた。すると、

亀頭部が濡れ溝をぬるっ、ぬるっとすべっていき、

「ああん、気持ちいいよぉ……これだけで、イッちゃいそう」

茜里はさかんに狭間を擦りつけていたが、屹立を膣口に導いて、ゆっくりと腰を落としてくる。肉棹がとても窮屈な入口を押し広げていき、奥へと一気にすべり込んでいくと、

「ぁあああ……！」

茜里が手を離して、顔をのけぞらせた。

もう一刻も待てないとでも言うように、腰から下をぐいぐいと前後に揺すっては、

「ああ、オマ×コいいの。茜里のオマ×コ、気持ちいいのよぉ」

露骨なことを口走る。ここは乗る手だ。

「そうか、オマ×コがいいのか？」

「はい……茜里のオマ×コ、悦んでる。気持ちいいって、嬉し涙を流してる……ぁあああ」

茜里が腰を振りながら、自分で乳房を揉みはじめた。

自ら巨乳を揉みしだきながら、きゅっとくびれた細腰を何かに取りつかれたように揺する。

「茜里ちゃん、こっちに」

言うと、茜里が上体を近づけてくる。

専太郎は両手を伸ばして、左右の乳房をつかんだ。グレープフルーツみたいなふくらみを揉みしだくと、茜里は胸を預けながら、濡れ溝をぐいぐい擦りつけてくる。

「茜里ちゃん、すごく感じるじゃないか。さっき感じないって言ってたけど、あれはウソだったんだね？」

茜里は口を尖らせて言った。

「だってそうでも言わないと、小暮さんがしてくれないんじゃないかって」

「やはり、そうか。言っておくが、ウソはいけない。わかったね？」

専太郎が両方の乳首を指で引っ掻くようにして刺激すると、

「はい……ぁあああ、それ、ダメっ……」

茜里は顎をのけぞらせて、がくっ、がくっと震える。

「こうされると、感じるんだね？」

「はい……乳首をそうされると……ぁあああ、ぁあああ、イッちゃう。茜里、イッちゃうよ！」

「いいんだよ、イッて……」

「いや、いや、まだイキたくない。わたし、ダメなの。一回イクとつづかなくなっちゃう」

「いいんだよ、イッて……そうら、イキなさい」

専太郎としては一刻も早く茜里に気を遣ってもらって、玲香とお手合わせをする前に少しでも休みたい。

左右の乳首を指腹で連続して叩くと、

「ぁあああ……ダメ、ダメ、ダメっ……ズルいよ。茜里を早くイカせたいんでしょ？　社長とするために、早く済ませたいんだわ」

「そうじゃないよ。イキたいときにイクのがいちばんだよ。そうら、イッていいよ」

専太郎が両方の乳首をつづけて叩くと、茜里ががくん、がくんと揺れはじめ

た。腰から下を鋭角に打ち振りながら、

「いや、いや、いや……まだ、イキたくないの……」

そう懸命に性感の昂りに抗《あらが》っていたが、専太郎がぐいっと下から大きく撥ねあげたとき、

「くっ……！」

茜里がのけぞった。絶頂の波が下から押し寄せているようで、尻を揺らし、胸をよじり、そして、がくん、がくんと首を振る。

それから、エネルギーが切れたように専太郎に覆いかぶさってくる。

専太郎はまだ射精していない。

いきりたつ肉棹を膣襞が震えながら締めつけてきて、専太郎は放出をこらえる。

がっくりとなってしがみついている茜里の髪を撫でていると、ブーッ、ブーッと専太郎のケータイが唸った。

「茜里ちゃん、ちょっと……」

専太郎は手を伸ばして、枕元に置いてあったケータイを取る。画面には、松

浦玲香という名前が出ていた。社長からだ。

今、来られると困るなと思いつつも、受信ボタンを押して応対する。

「もしもし、小暮ですが……」

「玲香です。眠ってた？」

「いえ、起きていました」

専太郎が応答していると、それが誰からの電話であるか理解したのだろう、茜里が両足を専太郎の腰にからめ、引き寄せながら、ぐいぐいと恥肉を擦りつけてくる。

「くっ……！」

あまりの快美感に思わず呻くと、

「何？　どうしたの？」

玲香が訊いてくる。

「いえ、何でもありません」

「あなた、まさか女を連れ込んでるんじゃないでしょうね？」

さすがに、勘が鋭い。

「もちろん、してません」

　そう誤魔化す間にも、茜里は下から、専太郎の乳首をいじってくる。その手を必死に振り払う。

「ダメよ。お客さんに手を出したら。わかってるでしょうね？」

「はい、もちろん」

「ただでさえ、あなたはお客と寝ているってウワサが立ってるのよ。わかってるんでしょうね？」

「はい……もちろん、そのようなことはしていません。それで、どうすればよろしいでしょうか？」

　専太郎は話題を変えた。

「じつはね、貸切風呂が取れたの。キャンセルがあったらしくて……それで、今から入りにいくんだけど、あなたも来て」

「私も一緒に入るんですか？」

「そうよ」

「マズくないですか？」

「平気よ。別々に行けば。何かマズい状況でもあるのかしら？」

「ないですけど……わかりました。行きます」

「『紅葉《もみじ》』って名前の貸切風呂なんだけど、間違えないでね……じゃあ、必ず来てよ」

電話が切れた。

「これから、玲香社長と逢うんでしょ？」

茜里が大きな目を向けて、訊いてくる。

「ああ……急がないと。貸切風呂で逢うことになっているから」

専太郎が結合を外そうとすると、そうはさせじとばかりに茜里が足を腰にぎゅっとからませてくる。

「おい……頼むよ」

「じゃあ、これからも茜里を抱いてくれるよね？　そうしないと、いろいろなことをしゃべっちゃうから」

「わかった。そうするよ。だから……」

了承すると、茜里はようやく足を解いた。

3

専太郎が貸切風呂『紅葉』に駆けつけると、『入浴中』の札がかかっていた。すでに、玲香社長が入っているのだろう。

専太郎は扉を開けて、脱衣所に入る。脱衣籠に女ものの浴衣が畳まれて、しまってあった。

「小暮さん？」

なかから、玲香の声が聞こえる。

「はい。私です」

「遅かったわね」

「すみません」

専太郎は急いで浴衣を脱ぎ、手にタオルを持ち、境のドアを開けて、洗い場に向かう。

そこは露天風呂風の岩風呂で、大きな一枚の窓があって、曇ったガラスの向こうには外の庭園が見える。浅い湯船に玲香が身体を沈めていた。

玲香は髪を後ろに結いあげて、湯船につかっている。透明なお湯を通して、玲香の色白の肌が透けだしていて、乳房のふくらみや乳首までもが見える。

その艶かしさにドキッとしながらも、専太郎は急いでかけ湯をする。

そのまま入ろうかとも思ったが、その前に体を洗った。とくに股間は丁寧に石鹸を使ってよく洗う。ついさっきまで、違う女を抱いていたのだ。

しかも、その女を玲香は大嫌いなのだ。女の痕跡《こんせき》や残り香があるのはたいへんマズい。ゴシゴシ洗ってから、湯船に入った。

「小暮さん、こっちに来て」

「はい……」

専太郎は、大きな岩に背中を凭《もた》せかけている玲香の隣に腰をおろした。

透明なお湯が玲香の乳房の半分くらいまであって、玲香はタオルを持っていないので、薄茶色の乳暈と乳首が透けて見える。

温まっているせいか、いつもより赤みが増しているようだ。

「遅かったじゃないの。何してたの？」

何か尋常でないものを感じとったのか、玲香が声をかけてくる。

「いえ、何も……ちょっとうとうとしていたので、完全に目覚めるまでに時間がかかりました」

「どうも怪しいわね。さっきも電話してるとき、おかしかったわ。誰か一緒にいたんじゃないでしょうね。あのブリッコだったら、絶対に許さないわよ」

専太郎は心臓が止まりそうになった。

「まさか……」

「だって、あの子、あなたにべたべたくっついてたじゃないの」

「いや、たんにガイドの技術を盗みたいだけですよ」

「そうかしら？　わたしには、あの小娘が泥棒猫みたいに、あなたを狙っているように見えたけど」

「誤解ですよ。それに、たとえそうだったとしても、私は彼女は全然好みじゃないので、絶対になびきませんよ」

きっぱりと言った。

「そう？」

「はい、絶対です」

「なら、いいわ」

ようやく納得してくれたようだ。

ついさっき、茜里には『ウソをつくな』と説教したばかりなのに、自分は早速ウソをついている。しかし、これは必要なウソだ。事実を明らかにしたら、茜里は絶対にクビになるからだ。

「それにしても、大変よね。オバさんたちへの対応が……耳元で何を囁いてあげてるの？」

玲香がお湯のなかで、専太郎の太腿にさり気なく手を置いた。

「……まあ、名前を呼んで、好きですよって……」

「じゃあ、わたしにもしてみて」

「いや、社長には……」

「できないって言うの？」

「いや、そういうわけでは」

「じゃあ、やって……」

専太郎には、ついさっきまで茜里を抱いていたという負い目がある。それを知られないためにも、ご機嫌取りをしておきたい。玲香の耳元に口を寄せて、囁いた。

「玲香さん、好きです。あなたが大好きです。惚れました」

「ああん」と、玲香は肩を窄めて、

「ぞくっとしたわ。確かに、いいかもね……ねえ、もっと言って。わたしをハグしながら」

社長には逆らえない。それに、ここで一気にセックスモードに持っていけば、専太郎の体に残っている女の残滓《ざんし》には気づかれないだろう。

「玲香さん、好きです。あなたを愛しています」

歯の浮くような告白をしながら、玲香の肩を抱き寄せる。すると、玲香はしだれかかりつつ、専太郎の手を胸のふくらみへと導く。

専太郎はたわわな乳房をやわやわと揉む。爆乳と呼んでいい茜里の乳房よりは慎ましいが、標準よりははるかに大きい。

しかも、やけに柔らかい。未亡人のオッパイはみな、こんなに柔らかなクッション性に富んでいるのだろうか？

中心で勃ってきた乳首をつまんで転がすと、「ぁあああ、いいわ」と玲香は腰を揺らめかせる。それから、手を伸ばして、専太郎のイチモツを触った。

お湯のなかで分身をマッサージされて、それが力を漲らせてくる。

「ふふっ、もうこんなにカチカチになった……小暮さん、そこに座って」

玲香が言う。

専太郎は湯船の縁の平たい石に座って、足を開いた。

玲香が立ちあがった。白絹のようなきめ細かい肌がポーッとピンクに染まっていて、モズクのような下腹部の翳りからは水滴がしたたっている。

それから、専太郎の前にしゃがんだ。

密林を突いてそそりたつ肉のトーテムポールを握ってしごき、

「ああ、これが欲しかったのよ、ずっと……小暮さん、今、お忙しいから。でも、わたしは社長ですからね。あなたの雇い主なんだから、おわかりよね？」

「もちろん。だから、こうして今も……」

「ふふっ、わたしはあなたの雇い主。でもこういうときは、あなたの奴隷……

逆転してあなたがわたしの雇い主になるの。ご主人さまになるのよ……ねえ、命令して」

玲香が見あげるその目が潤みがかって、瞳の奥のほうで情念が燃え立っている。

「そうですね。おしゃぶりしなさい。丁寧に、情熱を込めてね」

「はい、承知いたしました。ご主人さま……」

ふふっと口角を吊りあげて、玲香が舐めてきた。

屹立を腹に押しつけるようにして、裏筋に舌を走らせる。それから、皺袋にまで舌を伸ばして、皺のひとつひとつを伸ばすように丁寧になぞってくる。

（いい感じだ……玲香は亡夫相手にもこうやってご奉仕をしていたんだろうな。こんな美人にここまでされたら、どんな男でも骨抜きになる）

玲香が片方の睾丸を頬張った。なかでもぐもぐと甘噛みして、きゅーっと引っ張り、睾丸を咥えたまま見あげて、にこっとする。

その艶かしさに圧倒される。

玲香はさらにもう片方の睾丸も口におさめる。そうしながら、いきりたちを握りしごくことも忘れない。

（すごい女だ……）

この女との出逢いがあったから、専太郎も民間会社の人気ガイドになることができた。そういう意味では感謝しなければいけない。

玲香は睾丸を吐き出して、さらに顔の位置を低くした。何をするのかと思っていると、会陰部を舐めはじめた。

睾丸袋の付け根から肛門へと至る縫目にぬるっ、ぬるっと舌を走らせる。そうしながら、肉棹を握りしごいている。

「玲香さん、そこまでしなくても……」

「いいのよ。したいからしているの。ダメよ、女にそんな甘いことを言っては。わたしのような女は厳しく接したほうがいいの。もちろん、セックスのときだけね。普段はやさしくするのよ」

見あげて言って、玲香はまた蟻《あり》の門渡《とわた》りにちろちろと舌を走らせる。

「そこはもういい。本体をしゃぶりなさい」

専太郎が言うと、玲香はツーッと舐めあげてきて、亀頭冠を上から頬張ってきた。

背中で両手を繋いでいる。そうやって、口だけで肉棹を頬張ってくる。

これが、彼女流のご奉仕の仕方なのだろう。

背中で両手を繋ぎ、顔を寄せて口だけで、ずりゅっ、ずりゅっと肉棹をしごかれると、この美貌の未亡人を支配しているという男の喜びが込みあげてくる。

玲香は根元まで頬張って、チュッーと吸う。頬をぺこりと凹《へこ》ませて、アーモンド形の目で専太郎を見あげてくる。

その艶かしい美貌が白い湯けむりのなかに浮かびあがって、いっそうエロチックだ。

情熱的に唇をすべらせていた玲香が肉棹を吐き出して、

「これをくださいい。イケませんか？」

唾液でぬめる肉棹を握りしごきながら、せがんでくる。

「いいですよ。ただし、自分で入れなさい」

そう言って、専太郎は湯船に座る。すると、玲香が向かい合う形で専太郎の太腿をまたいだ。

身体をお湯のなかに沈ませていき、お湯のなかでそそりたっているものを握って導き、切っ先で膣口をさぐって、静かに腰を落とした。

いきりたちがお湯より温かい膣に潜り込んでいき、

「あうぅぅ……！」

玲香は眉根を寄せながら、専太郎にしがみついてくる。

「自分で腰を振りなさい」

「はい……」

玲香が腰をつかいはじめた。専太郎の肩につかまって上体を反らせ、腰から下をぐいん、ぐいんと前後に揺する。お湯の表面がちゃぷちゃぷと波立って、

「ぁあああ、ぁあああああ、いいのよ。ぐりぐりしてくる……あなたのがわたしのなかを掻きまわしてくる……ぁあああ、あああああ、小暮さん、あなたに逢えてよかったわ」

「私もですよ。玲香さんに逢えてよかった」

「ああ、呼び捨てでいいのよ。玲香って呼んで、お願い」

「わかったよ、玲香。お前に逢えてよかったよ」

「ああ、あなた……」

玲香が抱きついてきた。

きっと亡夫との情事を思い出しているのだろう。玲香が専太郎を求めながらも、心では亡夫のことを忘れられないでいることは、端々《はしばし》から透けて見えた。

専太郎はそれでいいと思っている。心まで奪ってしまったら、玲香という存在を重く感じてしまう。

専太郎は乳房をつかんで揉みしだく。

お湯で表面をコーティングされた、すべすべの乳肌が手のひらのなかでしなり、豊かな弾力を伝えてくる。

求められるままに唇を合わせると、玲香の舌が潜り込んできた。その舌をあやし、からめながら、乳房をつかんだ。

柔らかな乳房を揉みしだくと、玲香の動きが活発になった。

キスをしながらくぐもった声を洩らし、腰から下を大きく揺すって、濡れ溝を擦りつけてくる。お湯の表面が波打って、透明なお湯を通して、肌色の腰が激しく動いているのが透けて見える。

専太郎はその腰をつかんで、動きを助けた。

すると、玲香はさらに快感がうねりあがってきたのか、唇を離して、上体をのけぞらせ、

「ぁああ、あああ……イキそう。わたし、イキそう……イッていいですか？」

気を遣ることとの許しを請う。

「いいですよ。そうら、好きなだけイキなさい」

専太郎は胸のふくらみからせりだした赤みを増した乳首をこねてやる。カチカチの突起を強めにつまんで、圧迫しながら、ねじきれんばかりに左右にこねると、

「ぁああ、あああああ……もっと……もっと、玲香をいじめて……」

玲香は喘ぎながら、激しく腰をつかう。

専太郎は背中を曲げて、乳首にしゃぶりついた。片方の乳首を指でこねながら、乳首を舌で転がし、さらに、甘噛みしてやる。

「あんっ……あんっ……あんっ……いいの、いいの……来るわ。来る……イッていいですか？」

玲香が訊いてくる。

「いいんだ。そうら」

専太郎が乳首を強く甘噛みしたとき、

「イクぅ……！」

玲香がのけぞりかえった。上体をまっすぐにして伸びあがり、それから、揺り戻しのように前に屈んで、がくっ、がくんと躍りあがった。

気を遣ったのだろう、専太郎に身体を預けて動かなくなった。

「どうしますか？　部屋に行きますか？」

このくらいでは満足できないだろうと思って、訊くと、

「はい……」

玲香が恥ずかしそうに言って、ぎゅっとしがみついてきた。

4

延べられた寝具の上で、全裸に剥いた玲香の腕を前に出させて、手首を合わ

せ、そこを腰紐でぐるぐる巻きにして、ぎゅっと縛る。

専太郎は、今夜はセックスを一歩前に進めてみたいと考えていた。

その部屋は二間《ふたま》あって、その境は襖を立てられるようになっている。

玲香を立たせて、前手にくくったその部分にもう一本の腰紐を通して、それを境の鴨居《かもい》の上へと通し、玲香が立っている状態でくくりつけた。

縛りの素人でも、このくらいはできる。

専太郎はその前に座って、ビールを呑む。両手を頭上にあげられて、素晴らしい乳房や腋の下をあらわにした玲香は、美人なだけに男心をそそる。

「いい格好だぞ。お前の裸は上質の酒の肴になる」

専太郎は玲香の亡夫になったつもりで言い、ビールをぐびっと呷《あお》る。

「ああ、あなた、うれしいわ……でも、恥ずかしい」

玲香がくなっと腰をよじった。顔を伏せているので、長い髪が枝垂《しだ》れ落ちていて、まるで浮世絵を見ているようだ。

「ほんとうはもっと辱められたいんだろ？　お前はマゾだからな。よし、片足を縛るか」

専太郎は立ちあがって、もう一本の腰紐をつかい、それを玲香の膝に巻き付けて引っ張りあげ、鴨居に留めた。

向かって右のほうの足が腰の上まで持ちあげられているので、股が開いて、漆黒の翳りとその下の女の証がくっきりとした切れ目をのぞかせている。

「いい景色だぞ。玲香のオマ×コが丸見えだ」

「ああ、いやん……」

玲香が腰をくなっとよじる。演技染みているが、おそらく、玲香はこうやって亡夫の前で痴態を演じて見せていたのだろう。

専太郎は近づいていって、乳房を揉んだ。たわわで青い血管が透けでた乳房を荒っぽく揉むと、

「あああ、あなた……」

玲香が今にも泣きださんばかりに眉を八の字に折る。専太郎を見る目はすでにぼぅと霞んでいる。

「感じるか？」

「はい……」

「淫らな女だな、お前は」

こんな言葉が口を突いてごく自然に出てしまうのが不思議だ。まるで、亡夫にとり憑《つ》かれたようである。

専太郎はしゃぶりついて、乳首を吸い、舐め転がす。すると、玲香の腰が揺れはじめた。

専太郎は前にしゃがんで、片足を押しあげて、翳りの底を舐めた。

すでに大量の蜜で濡れた亀裂は、舌がぬるっ、ぬるっとすべる。狭間からクリトリスにかけて舐めあげていくと、

「ぁあああ……！」

玲香が頭上にあげられた両手で腰紐をつかんで、喘いだ。

腰も揺れはじめている。

専太郎はここぞとばかりに攻撃をする。おびただしい蜜をこぼした膣口を舌でくすぐり、一転して陰核を攻める。いっそう肥大したクリトリスを舌で弾きながら、もう片方の手を上に伸ばして、乳房を揉みあげ、さらに、乳首を刺激する。

それを繰り返していると、玲香はもうどうしていいのかわからないといった様子で、腰を大きくくねらせ、裸身をよじり、

「ぁあああ、あああああ、ちょうだい……あなたのおチンチンをちょうだい。お願いします」

さしせまった様子で訴えてくる。

「ほんとうにお前は淫乱だな。きれいな顔をしているのに、淫乱マ×コだな。そんなに欲しいか？」

「はい、はい……」

「これからも、私の言うことを聞けよ。絶対服従だぞ、できるな？」

「はい……何でもいたします」

「それなら、いい」

専太郎は立ちあがって、玲香の膝を押しあげ、あらわになった膣口にいきりたつものを押しつけた。

慎重に腰を入れていくと、イチモツが蕩けきった肉路にめり込んでいき、

「ぁあああぅ……！」

玲香がのけぞって、腰紐を両手で握りしめた。

専太郎は結合が外れないように腰を引き寄せ、自らも下腹部を突きだすようにして、えぐりたてていく。

ずりゅっ、ずりゅっと切っ先が膣肉を削るように貫いていき、

「あっ、あっ、ぁあああ……あなた、あなた！」

玲香が専太郎を見る。

「どうした？」

「気持ちいいの。あなたにされて，気持ちいいの……ああ、行かないでくださいね。私を捨てないでくださいね」

玲香が哀切な顔で訴えてくる。おそらく、彼女には専太郎ではなく、亡夫が見えているのだろう。

専太郎は太腿を抱え、腰を引き寄せて、下から突きあげる。すると、屹立が女の坩堝《るつぼ》を擦りあげていき、奥まで届いて、

「ぁあああ、あああ……貫かれてる。わたし、あなたに貫かれてる……ぁあああ、うれしいわ。うれしいの……」

「私もうれしいぞ。お前を貫くことができて……そうら、天国に行け」

専太郎もそろそろぎりぎりまで来ていた。熱い塊が下腹部でどんどんひろがってきている。

腰をつかみ寄せて、下からぐいぐいと撥ねあげた。

玲香は腰紐をつかみ、腋の下をさらし、豊満な乳房をゆさゆさ揺らして、大きくのけぞった。

「ああ、イクわ……イキます……ください。今よ、ちょうだい」

「出すぞ。いいんだな？」

「はい……ください」

専太郎は吼《ほ》えながら、激しく突きあげた。

玲香は爪先立ちになり、たわわな乳房を豪快に揺らせながら、

「あんっ、あんっ、あんっ……来るわ。来る……天国が目の前に……」

「そうら、天国に行けぇ」

専太郎が激しく突きあげたとき、

「イキます……くっ！」

玲香がのけぞって、痙攣した。

駄目押しとばかりにもうひと突きしたとき、専太郎も至福に包まれる。

震える玲香の腰をつかみ寄せながら、腰を突きあげて射精する。その心地よさが脳天にまで響きわたる。

出し尽くすと、急に玲香が可哀相になって、縛っていた紐を解いてやる。

玲香ががっくりと畳に座りこんだ。

「大丈夫ですか、社長？」

素に返って声をかけると、玲香はこくっとうなずいて、専太郎にしがみついてきた。

第六章　スター誕生秘話

1

その日、専太郎は江ノ島の弁財天に参拝に来ていた。

弁天堂の裸弁財天の前で手を合わせて、お礼を言う。そして、これからも自分を見守ってくれるよう、力を貸していただけるように祈願すると、琵琶を抱えた裸のふくよかな弁財天が微笑んでくれたような気がした。

目まぐるしい一年だった。

一年前はガイドをはじめたものの、プライベートは冴えないもので、とくに女関係はさっぱりだった。それが、ツアー客の蓉子と懇《ねんご》ろになった頃から運がついてきて、自分にはもったいないような何人かの素晴らしい女性と閨《ねや》をともにした。

変化はプライベートばかりではなかった。

ガイドで知り合って一夜をともにした玲香がガイド会社を作って、自分はその主要メンバーのひとりとなった。

閨の床では、弁天様の弾く琵琶の音が聞こえてきたし、この幸運には何らかの形で、江ノ島弁財天の御利益が働いているに違いない——。

専太郎はそれほど信心深いわけではないが、今回の件に関しては、人知を超えた何かを信じざるを得なかった。

坂道を昇っていき、サムエル・コッキング苑まで来たとき、その前のちょっとした広場に人だかりができていて、その中心で女性が弾き語りをしていた。

（うん、祥子ちゃんじゃないか……！）

あの吉田祥子が花壇の縁に座って、ギターを爪弾き、歌を披露している。

デニムのジャケットをはおって、ミニスカートを穿いているが、相変わらずかわいい。

もう一年近く逢っていなかったが、以前よりも随分と色気が感じられる。

ただかわいく清純というだけではなく、清新なエロスが発散されている感じだ。

専太郎は祥子を抱き、そこで祥子は初めてセックスのオルガスムスを知った。

そのせいもあるのだろうか？

椅子に座って、足を組んでいるのだが、ジーンズの短いスカートからはむちむちした健康的な太腿が伸びている。

歌にも随分と色気が出てきたような気がする。

その証拠に、路上ライブを敢行する彼女のまわりには、多くの聴衆が集まって、動こうとしない。

いや、集まっているのは人間ばかりではなく、江ノ島に住み着き、観光客にかわいがられている猫たちもいる。十匹ほどの猫たちが地面にちょこんと座って、吉田祥子のギターと歌を聞いている。

専太郎も前に出て座り、サムエル・コッキング苑前の路上ライブを見守る。

太った三毛猫が近づいてきたので、喉をさすってやると、ごろごろと気持ちも良さそうに喉を鳴らす。

祥子が一曲を歌い終えて、次の曲の準備をしながら、ちらっとこちらを見た。

目が合って、祥子は「あっ」と目を大きくしたが、すぐに、にこっと笑った。

「最後の曲になります。わたしが作詞作曲をした歌です、『赤い糸の唄』と言います。今度、この曲がCDでリリースされることになりました。わたし、吉田祥子はこの曲でメジャーデビューします。この曲を、鎌倉でガイドをなさっているステキなオジサマに捧げます。聞いてください……」

そう言って、祥子がちらりと専太郎を見た。

(ああ、俺のことだな。俺のために歌ってくれるのか！)

専太郎は感激した。すぐに、祥子が弾き語りをはじめた。

それはこの前、北鎌倉の家で祥子が披露してくれたあの曲だった。

(そうか……この曲でデビューが決まったのか……よかったじゃないか！)

専太郎は自分のことのようにうれしかった。

だが、困ったことが起きた。曲がサビにいたったとき、専太郎の股間はまたむくむくと頭を擡げてきたのだ。

(いけない……こんなところで勃起させては)

そう思って必死になだめるものの、祥子が足を組んで演奏しているので、太腿が際どいところまで見えてしまい、ついついそこに視線が向かってしまい、ますます股間のものはエレクトしてくる。

専太郎はしゃがんで足をひろげているので、祥子にはきっと股間のふくらみが見えてしまうに違いない。

さりげなく股間を隠しているうちに、曲が一番のサビを終えると、エレクトが弱まった。

（よかった……）

二番を歌っている祥子が足を組み換えた。そのとき、専太郎には白いパンティが見えた。しゃがんでいるので、パンティストッキングに包まれた白いパンティのクロッチが一瞬だが、目に飛び込んできたのだ。

すると、またイチモツが力を漲らせてきた。

そして、二番のサビに入ったときには、完全に勃起して、テントを張った。

（あちゃあ……！）

いったん股間を確かめ、おずおずと祥子を見たとき、祥子の視線がズボンのふくらみに向かっているのに気づいた。

祥子は微笑みながら、歌っている。

そして、間奏を爪弾きながら、また、足を組み換えようとした。

今度はさっきよりゆっくりした動きだったので、肌色のパンティストッキングを通して白いパンティが完全に透けて見えた。

組み換えるのかと思ったところ、膝を開いたままの状態で、動きを止めて、歌いはじめた。

しかも、祥子は一番前に陣取った専太郎に向けて、足を開いてくれている。明らかに、専太郎だけに股間を見せてくれているのだった。

祥子は弾き語りしながら、時々、ちらっちらっと専太郎の勃起を見て微笑んでいる。

専太郎は祥子の可憐な顔と、股間の白いパンティを交互に見て、いっそう昂奮してしまう。

曲が三番のサビに入り、専太郎はますますイチモツが力を漲らせるのを感じた。ぎりぎりまで膨張しきって、痛いほどだ。

専太郎には、吉田祥子が裸弁財天に見えた。

裸弁財天が座って、琵琶を弾いているそのお姿にそっくりだったからだ。ギターの絃の響きが、琵琶の音にも聞こえてくる。

祥子が歌い終えたとき、専太郎ははあはあと肩で息をしていた。下着にはまるで射精したかのように先走りの粘液が滲んでいる。

祥子が立ちあがって、

「今日は最後まで聞いていただいて、ありがとうございました。今度出るＣＤのほうもよろしくお願いします」

深々と頭をさげると、拍手が鳴り響き、励ましの歓声があがった。

聴衆の一部がサインをねだってきて、祥子は気軽に応じて、ペンを走らせる。人がいなくなったところで、専太郎は祥子に寄っていく。

「よかったな。デビューが決まって。おめでとう」

握手を求めると、「ありがとうございます」と祥子が手を差し出して、握ってくる。

そのしなやかな手のひらと長い指が、専太郎に一年前の愛撫を思い起こさせて、股間のものがまた力を漲らせてくる。

これほどまでに昂ってしまうのは、やはり、祥子に強烈な魅力とセックスアピールを感じているからだろう。

それに、デニムのジャケットからこぼれでている胸のふくらみは、白いTシャツを丸く持ちあげていて、その大きな胸と可憐な顔のギャップがたまらなかった。

「よかったよ、今日、江ノ島に来て。また、きみに逢えた」

「わたしも今度、北鎌倉のお宅を訪ねようかなって考えていたんですよ。岩屋の前で倒れていたところを助けていただいた。あのときのご恩とシラス丼の味は一生忘れません。今度、CDデビューが決まったので、その報告もあって、お宅にうかがおうかなと思っていました」

「じゃあ、ちょうどいいじゃないか。これから家に来ないか？」

誘いをかけた。

「行きます。よかったわ。ここで、小暮さんに逢えて。わたしたち、偶然に恵まれていますよね」

祥子が言う。

「ああ……江ノ島の弁財天が見てくれているんだよ」

「えっ……ここの弁財天が？」

「ああ、弁天堂に裸弁財天がいるじゃないか。お参りしてるよね？」

「もちろん……いつもあの前で手を合わせています。弁財天は音楽や芸能の神様ですから」

「どうも、あの裸弁財天が祥子ちゃんに見えてきてね」

「えっ……？」

「あっ、いや……ゴメン。裸ってことじゃなくて、ほら、琵琶を抱えて弾いているじゃないか。祥子ちゃんもギターを弾くし……そういう意味で似ているってことだよ」

「いいですよ。お望みなら、裸でギターを弾きましょうか？」

祥子がまさかのことを提案した。

「そりゃあ、そうしてほしいけど、いいの？」

「はい……」

祥子は明るく笑って、

「そういう機会ってないじゃないですか？　もちろん、まだ一度もしたことないけど……でも、不思議に小暮さんの前ならできそうなんです」

「よし、決めた。駐車場に車が停めてあるんだ。車で家に行こう」

言うと、祥子が「はい」と答えた。

2

専太郎は助手席に祥子を乗せて、北鎌倉の自宅に向かっていた。

路上ライブでの祥子の白いパンティが目に焼きついていて、どうしても助手席の祥子の下半身に目が行ってしまう。

と、その視線を感じたのか、祥子が膝を開いてくれた。

「さっきわたしのあそこを食い入るように眺めていたでしょ？」

祥子が正面を向いたまま言った。ととのった横顔が抜群に愛らしい。長い睫毛がくるっとカールして、目の大きさを際立たせている。

「だって、きみが足を開いてくれたんじゃないか？」

「それは……小暮さんがここを大きくしていたからですよ」

祥子が右手を伸ばして、専太郎の股間を触ってきた。

さっきギターの弦を爪弾いていたしなやかな指で、そこをくにゅくにゅと揉まれると、たちまち勃起してきた。

その大胆さに驚きながらも、下腹部に快感が溜まってくる。

「きみの歌声を聞くと、ここがすぐに大きくなってしまう」

「ふふっ、この前もそうでしたね」

祥子は前を見ながら、ズボンの股間に手を置いたままだ。

専太郎は気を紛らわそうとして、訊いた。

「あれから、祥子ちゃんには逢えなかったけど、頑張っていたみたいだね」

「ライブをいっぱいしていました。そうしたら、レコード会社の人が会場に来ていて、さっき歌った歌を聞いて、『いい歌だ。うちでデビューしないか』って誘ってくださったんです」

「よかった。やっぱり、一生懸命やっていれば、見ている人がいるんだな」

「小暮さんのお蔭です。あのとき、わたし男の人として初めてイッたんです。

そうしたら、みんなに言われました。『祥子、変わったな。歌にすごく色気が出てきた』って。だから、今度のＣＤデビューも小暮さんのお蔭なんです」

「俺以外にボーイフレンドができて、彼に女にされたんじゃないの？」

「違いますよ。わたし、あれから男の人とは寝ていませんから」

そう言って、祥子が股間を揉んできたので、分身がズボンを突きあげてしまった。

「……小暮さん、わたしのこと好きですか？」

「ああ、好きだよ。もちろん」

「ありがとうございます。わたし、小暮さんのお蔭で自分に自信が持てたんですよ」

祥子が言う。交差点の信号が赤で、専太郎は車を停めた。

すると、祥子は周囲を見て人目がないのを確かめて、専太郎のほうに身を屈めてきた。

ズボンのファスナーをおろし、苦労してブリーフのクロッチから肉棹を取り出す。赤黒い肉の塔が茜色の頭を光らせて、車のなかでそそりたった。

「おい、マズいよ……」

「しっかり運転してくださいね。ダメだったら、言ってくださいね」

ちらりと見あげて言って、祥子がいきりたつものに顔を寄せてきた。

ブリーフから顔を出している肉棹の頭部にちろちろと舌をからめてくる。

「おっ、あっ……！」

ぞくぞくした快美感がうねりあがってきて、専太郎は思わず目を閉じそうになる。だが、それだけはしてはいけない。

ドライブ・フェラチオ——すなわち、ドラフェラをされたのは初めてである。

ぐっとこらえて、ハンドルをしっかりと握り、集中して前を向いて運転する。

と、祥子は亀頭部の尿道口を舐めながら、右手で肉の柱を握り込み、きゅっ、きゅっとしごいてくる。

「くっ……おい、ダメだって」

「しっかり運転してくださいね。目を瞑《つむ》ってはダメですよ」

そう言って、祥子はちろちろと亀頭部を舐めてくる。

そのとき、前の交差点の信号が赤に変わって、専太郎はブレーキをかけて、停まる。

すると、祥子が唇をひろげて、亀頭冠を頬張ってきた。指を離して、一気に根元まで咥え込んできた。

温かい口腔にすっぽりと根元まで包まれて、専太郎は「くっ」と呻く。

祥子は、信号待ちで停車中だから大丈夫だと踏んでいるのだろう、大胆に大きく顔を打ち振る。

長めのボブヘアのさらさらの髪が揺れて、専太郎のイチモツは柔らかな唇でしごかれる。

気持ち良すぎた。最初は懸命に目を開けて、前の信号を見ていたのだが、あまりにも気持ち良すぎて、思わず目を閉じてしまった。

「んっ、んっ、んっ……」

祥子の鼻にかかった声が聞こえ、時々、ジュルルッと唾液とともに亀頭冠を吸い込む音がする。

そのとき、『ブブーッ』と後ろからクラクションを鳴らされた。ハッとして前を見ると、信号が青に変わっていた。

専太郎は急いでアクセルペダルを踏み、車を出す。あわてて急発進して、肉棹に歯を立てられては困る。あくまでも慎重に車を発進させる。

だが、車が道路を走りだしても、祥子はイチモツを頬張っている。助手席から身を乗り出すようにして、運転席の専太郎の肉棹を途中まで咥えている。

「……あまりストロークはしないでな」

念を押すと、祥子はこくっとうなずいた。だが、うなずきとは裏腹に、ゆったりと顔を振りはじめた。

「うおおっ……ちょっと！」

サクランボを思わせるぷにっとした唇が勃起の表面をすべり動いていく快感に、専太郎は目を瞑りそうになる。

「ダメだって……ダメ」

思わず足に力が入って、アクセルペダルを強く踏んでしまい、車のスピードがいきなりあがった。

それに気づいたのか、祥子が肉棹を吐き出して、唾液まみれのそれを右手で握りしめた。

「これなら、大丈夫でしょ？」

ゆったりと肉棹を指でしごきはじめた。

指でも気持ちがいい。しかし、フェラチオされるよりはどうにか我慢できそうだ。

うねりあがる快美感をこらえて、専太郎は必死に前を見て、ハンドルをしっかりと握る。後ろから祥子の姿は見えないだろうが、真横に車につかれたら、祥子の姿が見えてしまわないだろうか？

などと周囲に気をつかっている間にも、祥子はぎゅっ、ぎゅっと強く肉棹を握りしごくので、ふたたび快感が撥ねあがってきて、

「ちょっとダメだって！」

悦びの悲鳴をあげる。

祥子は指づかいをゆるやかにしたが、その代わりとばかりに、また亀頭部をちろちろと舐めてきた。

「あっ、くっ……」

「うんっ、うんっ、うんっ……」

祥子が肉棹に唇をかぶせて、激しくスライドさせた。

「おおぅ、ダメだって……」

下半身が蕩けるような快美感で、目を閉じてしまいそうになる。

それをこらえていると、祥子がさすがにマズいと感じたのだろう、肉棹を吐き出して顔をあげた。

そして、右手を運転席に伸ばして肉の塔をしごきながら、上体を立て、左手を左右の膝の間に潜らせた。

足を大きく開いて、デニムのミニスカートのなかに手を入れて、そこをゆるやかにさすっている。

「ああ、もう我慢できない。いいですか？　ここで自分でしても」

祥子が訊いてくる。

「……あ、ああ」

と、専太郎は答える。このままフェラチオをつづけられたら、事故を起こしかねない。だが、助手席でのオナニーなら、その心配は少ない。

しかし、いつから祥子はこんなに大胆になったのだろう？　おそらく、女の悦びに目覚めたからだ。それで、湧きあがる性欲が彼女に大胆な行動を取らせるのかもしれない。

「ぁああ、ああ、くぅぅ……」

祥子はイチモツを放して、その手をパンティストッキングのなかにすべり込ませた。

大きく足をひろげて上体を反らせているので、肌色のパンティストッキングから透けでた白いパンティの底を、祥子の指が這っているのが見える。

「いやん、この音……エッチな音がしてる。聞かないでください、聞かないで……ぁあああうぅぅ」

祥子は顔をのけぞらせて、下腹部を前に突きだした。

ネチッ、ネチャと淫靡な粘着音がして、祥子はそれを恥じるように顔を左右に振る。そうしながら、腰を前後に打ち振る。

シートベルトが斜めに走っているジャケットをはおった白いTシャツの胸を、左手で揉みしだいている。

家まであと十分くらいだろうか、専太郎はもっと祥子の痴態を見たくなった。

「祥子ちゃん、下着を脱いで、しているところを見せてくれないか？」

「いやっ、恥ずかしいわ」

「いいから。頼むよ。見たいんだ」

懇願すると、祥子がスカートのなかに手を入れ、シートから腰を浮かせて、パンティストッキングとともに白いパンティをおろして足先から抜き取った。

「ダッシュボードに足を乗せていいよ」

「でも……」

「見たいんだ。きみのオナニーするところを」

言うと、祥子がおずおずと左足をダッシュボードにかけた。

「いいよ。いやらしい格好だ。スカートをめくって、完全に見せてほしい」

祥子がスカートをたくしあげて、腰を前に突きだしたので、何もつけていない下半身がもろに目に飛び込んできた。

衝撃的な光景だった。なぜなら、祥子の下腹部には一切の恥毛が生えていないからだ。

（そうか……祥子は陰毛を脱毛処理しているんだった）

ちらっと横を見ると、その視線に気づいたのか、祥子はつるつるの恥丘を手で隠して、言った。

「毛がないから、余計に恥ずかしいわ」

「それがいいんじゃないか。すごく刺激的だ。こういうとき、パイパンはいいね。丸見えだよ。祥子ちゃんのあそこ」

「ああ、そんなことを言うなら、やめる」

「悪かった。何も言わないから、見せてくれないか？」

ちょうど目の前の信号が赤に変わって、車を停止線の前で停めた。

すると、祥子の右手が恥丘から肉のクレヴァスにかけて、おずおずとなぞりはじめた。

片足をダッシュボードにあげて鈍角に足を開いているので、その様子をつぶさに観察できる。

すらりとした太腿の付け根には、無毛の肉丘がふくらんでいて、その下の谷間を指が走り、狭間を撫でながら内側に折り曲げた親指でクリトリスをこちょこちょと刺激し、

「あっ……あっ……ぁあああ、もうダメ……」

祥子が顔をのけぞらせて、シートに後頭部を押しつけた。

「いいんだよ、イッて。イクところを見せてくれ」

専太郎は前の信号を注意しながら、横を見る。

と、祥子の中指がクレヴァスの下のほうの孔《あな》に入り込んだ。第二関節まで押し込んで、ちゃっ、ちゃっ、ちゃっと素早く掻きまわし、

「ぁあああ、あうぅぅぅ……イッちゃう！」

祥子は自ら腰を前後に振って、中指を深いところに導く。

それから、中指をピストン運動させるので、ずちゅずちゅと淫靡な音が車内を満たした。

「イキます。イッていいですか？」

「いいぞ。イキなさい」

「ぁあぁ、ぁあああああ……」

祥子は激しく指を抜き差ししながら、下腹部をしゃくるようにして前にせりださせる。その動きがどんどん活発になっていき、最後は腰を大きく振りあ

げて、

「……くっ！」

腰を振りあげた状態で静止した。

それから、がくん、がくんと絶頂の痙攣をしていたが、嵐が去ったのか、足を閉じ、ぐったりしてシートに凭れかかった。

交差点の信号が青に変わり、専太郎は静かにアクセルペダルを踏み込んだ。

3

北鎌倉の家に到着して、二人は家に入る。

祥子は顔を伏せているが、車で気を遣ったせいで、全身から気だるい雰囲気が滲んで、足元がふらついている。

「どうする？　裸でギターを弾くのは、後にするか？」

「はい……後にします」

「じゃあ、ベッドに行く？」

祥子はこくんとうなずく。

寝室のベッドに腰をおろして、祥子が言った。

「あの……来週からは東京に移らないといけないんです。東京で先生についてボイス・トレーニングしてから、レコーディングをする予定なんです。だから、小暮さんにはもう逢えなくなるかもしれません」

「そうか、これが最後か……わかった。じゃあ、うんとしよう」

「はい……うんとしてください」

専太郎はジャケットを脱がすと、祥子をベッドにそっと寝かせた。

祥子が恥ずかしそうに顔をそむけた。その横顔が凛々《りり》しい。ツンとした鼻先が生意気そうで、少しめくれあがった唇もエロチックだ。

白いＴシャツ越しに胸のふくらみを揉むと、「ああっ」と祥子が顔をのけぞらせた。Ｔシャツの裾をめくりあげて、頭から抜き取った。

白い刺しゅう付きのブラジャーがその痩せた身体からは信じられないような立派なふくらみを押しあげていて、真ん中でせめぎあった双乳の丸みには深い縦線が入っている。

ブラジャーごとふくらみを揉みしだき、窪みに顔を寄せて甘酸っぱい体臭を吸い込む。

「いい匂いだ。祥子の甘い香りがする」

そう言って、双乳の谷間に顔を擦りつける。ブラジャーごと乳房を揉みながら、頂上の突起を指でさぐって刺激すると、

「ああん、そこは……ぁあんん」

祥子が顔をのけぞらせた。やはり、乳首の感度は抜群だ。

専太郎はブラジャーの上から乳首をつまんで転がす。と、明らかに乳首が尖ってきたのがわかる。しこっている突起を指でいじりながら、もう片方の手をおろしていき、デニムのミニスカートの奥へと差し込んだ。

パンティストッキングとパンティは脱いだままなので、つるっとした恥丘の下はとろとろに濡れている。柔らかく沈み込む箇所を指でなぞると、

「ぁあうぅぅ、いやっ……恥ずかしいわ。こんなに濡れてて」

祥子が太腿をよじって、ぎゅうと手首を締めつけてくる。

「いいんだ。それだけ、祥子が敏感だってことだ。いいんだ」

言い聞かせると、太腿の力がゆるんだ。

濡れ溝をなぞると、肉の扉が割れて、濡れた陰唇とその狭間で指がぬるっ、ぬるっとすべる。

そうしながら、ブラジャーをたくしあげると、たわわなふくらみと頂上の突起が現れた。

いつ見ても、美しいピンクの乳首である。触るのが憚《はばか》られるような初々しい乳首を舌で上下になぞり、左右に細かく弾く。

「ぁああ、どうしてなの？　小暮さんとするとどうしてこんなに感じるの？　ぁああ、あぁあ……気持ちいい。くぅぅぅ……」

祥子は右手の指を口に当てて、仄白い喉元をさらす。

専太郎はしこってきた乳首を舐め転がしながら、スカートの奥をまさぐる。と、いっそう潤んできた狭間に指がすべった。

「ぁああ、ああ……いや、いや……」

そう喘ぐように言う祥子の、下腹部がもっととせがむようにせりあがってくる。

専太郎はスカートを脱がせて、祥子の膝をつかんでひろげる。ぷっくりとした恥丘とその下の愛らしく花開いた雌花があらわになった。

「きれいだ。きれいだよ。舐めるよ」

顔を寄せて、狭間に舌を走らせた。

鮮やかな鮭紅色をのぞかせているところを舐めると、ぬるっ、ぬるっと舌がすべっていき、

「あうぅぅ……！」

祥子が顔をのけぞらせた。

きれいに脱毛された、ぷっくりとした女の園は、割れた石榴《ざくろ》のようにひろがって、可憐でありながら、どこか赤裸々な印象を与える。

「あっ、くっ……ぁあああうぅぅ」

と、祥子がブリッジするように尻を浮かせた。

ぷっくりとした恥肉の割れ目があらわになって、そこに舌を走らせる。じゅくじゅくとあふれでる泉をすすり、かわいらしく突きだしている陰核にキスをする。

飾り毛がないので、ふっくらとした女陰の色形がはっきりとわかる。

専太郎はクリトリスを舌で転がしながら、下のほうの小さな膣口を指でいじってやる。周囲を指でなぞり、浅瀬を指先で細かく刺激してやると、

「ぁあああ、ダメっ……小暮さん、わたし、わたしもう、イッちゃう！」

祥子が訴えてくる。

この前は頂上を極めるのにあれほど苦労した。だが、女は一度絶頂を知ると、一気に感じやすくなるのだろう。

専太郎は顔をあげて、ズボンとズリーフをおろし、いきりたっているものを膣口に押し当てた。

「入れるよ、いいね？」

「はい……ください」

その言い方が、初々しい。身体は貪欲になっても、祥子の気持ちはいつまでも清らかなのだと思った。

小さな膣口に切っ先を押し当てる。

少女の陰部を少し淫らにしたような無毛の女の園に、おぞましいとしか言い

ようのない亀頭部が入り込もうとしている。

そのことに不思議な征服感を感じながら、慎重に腰を入れていく。

屹立が少しずつ嵌まり込んでいき、奥まで達すると、

「ぁああうぅ……！」

祥子が右手の指を噛んで、のけぞった。

「くっ……！」

と、専太郎も奥歯を食いしばる。それほどに、祥子の膣は具合がいい。なかは潤みきっているのに、柔らかな粘膜が侵入者に、くいっ、くいっとからみついてくる。

さほど経験の多くはない女の膣は硬い感じで、侵入者を押し出そうとするものだが、祥子の蜜壺は逆に内へ、内へと吸い込もうとする。

今はまだ男はいないようだが、これから東京でミュージシャンとして活躍すれば、きっと多くの男が寄ってくるだろう。

くだらない男に捕まってほしくはない。しかし、いずれ祥子にも恋人ができるだろう。その男は幸せ者だ。こんなにかわいくて、才能もあって、その上、

あそこの具合がいい女を抱けるのだから。

専太郎は覆いかぶさっていき、祥子にキスをする。

と、祥子も専太郎を抱き寄せて、情熱的に唇を合わせてくる。唇の間をちろちろとくすぐると、唇が溜め息とともに開いて、細い舌が伸びてきた。

専太郎も舌を突きだすと、二つの舌がからみあった。

理性が蕩けるような高揚感が下半身にもおりていって、専太郎は唇を吸いながら腰を動かす。

と、祥子はますますぎゅっとしがみつき、足を腰にからめ、貪るように舌をからめてくる。

（おおぅ、祥子！）

専太郎はあらためて自分はこの女が好きなのだと思った。しかし、年齢も立場も離れすぎていて、とても恋人にはなれない。

そして、祥子は自分の手を離れていってしまう。残念だが、仕方がない。

いや、そもそもこんないい女を抱けるということ自体が奇跡に近いのだから、今のこの瞬間を大切にすべきだ。できうる限りのことをして、祥子を歓喜に導き、自分も祥子との思い出を作りたい。

専太郎は唇を離して、ストロークに集中する。

ゆったりと腰をつかい、屹立をめり込ませていくと、窮屈な肉の道がきゅ、きゅっとからみついてきて、ぐっと快感が高まる。それをこらえて、さらに腰を躍らせた。

「あんっ……あんっ……あんっ……ぁあああ、気持ちいい。いいのよぉ……」

祥子は専太郎に抱きついて、耳元で悩ましい声をあげる。その声がまるで歓喜の歌を歌っているようで、専太郎はその美声に感動した。

感激しすぎて射精しそうになって、ぐっとこらえた。

この歳である。出してしまえば、回復するかどうかわからない。もっと祥子との愉悦に満ちた時間を愉しみたい。

潮が引いていくのを待って、ブラジャーからこぼれている乳房を揉んだ。

腕立て伏せの形で片方のふくらみを揉みしだき、乳首を指でこねると、

「ぁああ、くっ……くっ……」

祥子は腰にからませていた足を伸ばして、ぐぐっと下腹部を押しつけてくる。

こうしてほしいのだろうと、専太郎は腰に両手をまわして、ぐいと持ちあげた。

ブリッジするように足を踏ん張って、尻を持ちあげられた祥子――。

専太郎はその状態で、祥子の腰をつかみ寄せ、強く下腹部を叩きつけた。

上反りしたイチモツが膣の天井を擦りあげて、深々と突き刺さっていき、祥子の様子が逼迫してきた。

「ぁああ、イクわ。わたし、またイッちゃう！」

「いいんだよ。イッて……そうら、イキなさい」

専太郎がぐいぐいと連続して肉棹をえぐり込んだとき、

「……あっ！」

祥子は自分からさらに腰を突きあげ、ぴったりと下腹部を密着させたまま、がくっ、がくっと躍りあがった。

気を遣ったのだろう。しばらくブリッジ状態で震えていたが、やがて、腰を落としてぐったりとして動かなくなった。

4

だが、専太郎はまだ放っていない。

細い腰に手をまわして、ぐいと引きあげると、祥子がのけぞりながら上体を起こしてきた。そして、専太郎の肩につかまる。

対面座位で、足を伸ばして座っている専太郎の上に、祥子がまたがっている形である。

この前より長くなったボブヘアが乱れ、ぼぅと霞がかかったような目が途轍もなく色っぽい。

専太郎がブラジャーを外すと、祥子は一糸まとわぬ姿になった。

細身であるがゆえに、目の前の形のいい乳房がいっそうたわわに映る。

直線的な上の斜面を下側の充実したふくらみが持ちあげて、濃いピンクの乳暈から小さな乳首が精一杯せりだしている。

専太郎は片方の乳房を揉みしだき、先端にしゃぶりついた。痛ましいほどに

硬くなっている突起を口に含み、舐め転がすと、

「ぁあああ……いいの！」

祥子が大きくのけぞり、肩にしがみついてくる。

例外はあるが、女は一度イクと、さらに高みに昇っていける。

専太郎が乳首をしゃぶり、もう片方の乳房を揉むと、祥子はもう我慢できないとでもいうように裸身をくねらせ、腰を前後に打ち振った。

体内に嵌まり込んでいる肉の塔に膣肉を擦りつけて、

「くっ……くっ……ぁああ、いや、いや……腰が、動いちゃう……ぁあぁぁ」

祥子が眉根を寄せて、顔をのけぞらせる。

専太郎は乳房を揉みながら、片方の手を腰に添えて、動きを補助してやる。

祥子の尻が下腹部をずりずりと擦りながら動き、イチモツが窮屈な肉路で揉み抜かれる。

もっと動きやすくしてあげようと、専太郎は仰向けに寝た。

「腰を振ってごらん。いいんだよ、好きに振って。気持ち良くなるように動けばいい」

言うと、祥子は両手を後ろに突いて、上体をのけぞらせたので、無毛のふっくらとした肉びらの間に、肉柱が嵌まり込んでいるのがまともに見えた。

ごくっと生唾を呑んでいた。

祥子が静かに動きはじめた。すらりとした足を大きくM字に開いている。そして、下腹部を後ろに引いて、そこから前に振りながら途中でしゃくりあげる。

蜜まみれの肉棹がぷっくりとした赤裸々な陰部のなかに姿を消し、ぬっと姿を現す。

専太郎はそのあからさまな光景に目を奪われる。

視線をあげると、充実した乳房が見えて、さらにその上に、愛らしくととのった顔がある。髪の毛が乱れて、額が出ている。

すっきりした眉を八の字に折って、一見すると苦しそうに見える。性欲に導かれて、自らの限界を超えようとする者は、このような表情をするのだろう。

「ぁあああ……ぁあああ……あっ、あっ……」

祥子が動きを止めて、ぶるぶる震えはじめた。

また、イクのだろうか？

両手を後ろに突いた姿勢で、大きく開かれた太腿に痙攣のさざ波が走り、

「あっ……！」

祥子は後ろに倒れた。前に屈み込むのではなく、真後ろに上体を反らしながら倒れた。

専太郎の開いた足の間に、祥子は仰向けに寝ている。

勃起は抜けそうになりながらも、まだ祥子の体内におさまっている。

専太郎は腹筋運動の要領で上体を起こし、座った姿勢でかるくジャブを突く。

すると、祥子の持ちあがった足が揺れて、

「あっ、あっ、あっ……」

と、祥子は喘ぎ声をスタッカートさせる。

その甲高いがよく響く声に胸を揺さぶられる。もっと、もっと祥子を歓喜の渦に巻き込みたい。

これで最後になる可能性が高いのだ。

もういいと言うところまで、セックスをつづけたい。祥子をさらなる絶頂へ

と導きたい。

専太郎は膝を抜いて、上体を立てた。

祥子の膝裏をつかんで、ぐいと持ちあげながら、ひろげる。

「あんっ……！」

挿入が深まったのだろう、祥子が右手を口に持っていき、指の背を噛んだ。

膝裏をつかみ、押しあげるようにすると、膣の位置もあがって、勃起との角度が合い、結合が深まる。

ぐっと体重をかけながら、えぐり込むようにして腰を躍らせる。

上反りした肉柱が、膣の上側を擦りあげながら、奥へと届いて、

「ぁあああ……あんっ！」

ぶるるんと大きな乳房を揺らせて、祥子がのけぞりかえった。

両手を開いて、シーツが持ちあがるほどに握りしめている。その指の力の入り方や、突きあがった顎のライン、ツンとした鼻先が、専太郎を昂らせる。

よく締まる膣を擦りあげていると、抜き差しならない射精感が込みあげてきた。

もっと長引かせたい。しかし、もう限界に近い。

（一回出しても、俺はまだできる。祥子が相手なら、回復できる。この前もそうだったじゃないか）

専太郎はスパートした。

すると、またあの琵琶の音が聞こえてきた。

専太郎が目を瞑ると、あの弁財天が裸で琵琶のバチでかき鳴らしているのだった。それは昔聞いたインド音楽にも似ていた。

まるで、性欲をかきたてるように徐々に琵琶の音がクレッシェンドしていく。

そして、遠くから誰のものとも知らぬ歌声が聞こえてきた。

それは、女の声だ。祥子の歌声に似ているが、祥子ではない。

透明な泉のように澄んだ歌声で、どうやら日本語ではないようだ。

（あなたは……弁天様？）

そして、専太郎はその歌声に煽《あお》られるように、打ち据えていた。

膝裏をつかむ指にぐっと力を込めて、強く打ち込むと、

「あんっ……あんっ……あんっ……ぁああ、小暮さん、恥ずかしい。また、

イクかもしれない」

祥子がさしせまった様子で訴えてきた。

専太郎の体のなかでは、まだあの琵琶の音が鳴っている。それはどんどん大きく、激しくなっていく。

「おおぅ……俺も出すぞ」

「ああ、ください」

「イクぞ。おおぅ！」

専太郎は透明な歌声を聞きながら、たてつづけに深いところに切っ先を届かせる。

鋼《はがね》のようにギンとしたイチモツがとろとろに蕩けた肉路を擦りあげていき、

「あんっ、あんっ、あんっ……イキます。また、また、イッちゃう！」

祥子がシーツをつかみながら、これ以上は無理というところまで顎をせりあげた。

ほっそりした首すじが筋張っている。そして、細身の身体からは想像できないようなたわわな乳房がぶるん、ぶるるんと豪快に揺れて、コーラルピンクの乳首が縦に動くのを見ていると、専太郎はこらえきれなくなった。

「おおぅ、イクぞ。出すよ」

「ああ、来て……あん、あん、あんっ……イク、イク、イッちゃう……！」

「そうら、おおぅ！」

吼えながら、深く打ち込んで、奥のほうの扁桃腺のようなふくらみをぐりぐりと擦りつけたとき、

「……イクぅ……！　くっ！」

祥子が両手を頭上にあげながら、のけぞりかえった。

膣が絶頂の動きをするのを感じとって、駄目押しの一撃を叩き込んだとき、専太郎も至福に包まれていた。

「あっ……あっ……」

と、祥子は男のエキスを浴びながら震えている。

専太郎も放ちながら、あの琵琶の音を聞いていた。

だが、放つうちに琵琶の音が弱くなり、専太郎が打ち終えたとき、琵琶の音も完全に消えていた。

リビングのソファに腰かけて、祥子は一糸まとわぬ姿でギターを弾いて、歌を歌っている。

専太郎はその姿を床の絨毯に正座して見とれ、つむがれる歌に耳を傾けている。

5

祥子は左膝を立てて、右足を床におろし、その間にギターを載せて、ギターの弦を爪弾きながら、自分で作詞作曲した歌を歌っている。その姿はまさに、弁天堂の裸弁財天そのままだ。

ギターに大きな乳房が見え隠れし、足の間に置かれたギターはかろうじて下腹の女の証を隠しているが、生まれたままの姿で弾き語りをする美しい女は専太郎の目と耳を奪う。

左手の指が自在に棹を動いて弦を押さえ、専太郎はその指で肉棹をいじられているような気がして、昂奮してしまう。

祥子が一曲終えたところで、ギターを抱え直した。

やや上に抱えたので、ギターの位置があがって乳房に押しつけられ、開いた足の奥に赤裸々な割れ目が見えた。

専太郎は誘蛾灯に引き寄せられる蛾のように、這って近づいていき、

「触っていいか？」

見あげると、祥子がこくりとうなずいた。

祥子はまた曲を弾き出した。静かなバラード調の曲の前奏を奏《かな》ではじめる。

左手で弦を器用に押さえているその光景に見とれながらも、専太郎はおずおずと太腿を撫でる。

膝を立てている左足の太腿の内側をスーッ、スーッと刷毛《はけ》のように指をつかってなぞると、びくっ、びくっと内腿に細かいさざ波が走り、ギターの音がわずかに乱れた。

専太郎はもう一方の太腿を撫でる。

と、祥子の腰がわずかにくねりだした。

「ぁあ、ダメっ……歌えない」

祥子が訴えてくる。

「歌ってほしい。きみのあそこを感じながら、きみの歌を聞きたい」

言うと、祥子はこくっとうなずいて、前奏をやり直し、愛のバラートを歌いはじめた。

その透明感のある歌声を聞きながら、専太郎は右手を太腿の奥に伸ばした。きれいに脱毛されている女の恥肉はぷっくりとしているが、狭間は大量の蜜をこぼしていて、ぬるっ、ぬるっと指がすべる。

祥子はびくっ、びくっと腰を震わせながらも、懸命に歌っていたが、やがて、歌声が途切れとぎれになった。

専太郎が中指を膣口に押し込むと、それはぬるりっと内部にすべり込んでいく。さっきまで肉棹が挿入されていたせいか、なかは熱く滾っていた。

それでも、祥子は歯を食いしばって、スローテンポの曲を歌っている。

専太郎は中指を持ちあげて、指腹でGスポットのあたりを擦ってやる。

明らかに粒立っているとわかる天井のざらつきを感じながら、そこをノックするように叩き、柔らかく擦りあげると、

「ダメっ、うっ……」

祥子が弾き語りをやめて、

「くっ……くっ……」

ギターを抱えたまま、中指の動きに翻弄《ほんろう》されるように腰をぐぐっ、ぐぐっとせりあげる。

「弾けないのかい？」

「はい……弾けません。あああ、そこ……はうぅぅ」

祥子が顔を撥ねあげた。それから、顔をギターにくっつけるようにしてうつむいてしまった。

専太郎がＧスポットを擦りながら抜き差しをすると、そこがますます潤んできて、ぐちゃぐちゃになり、したたった蜜が指の付け根から手のひらまで濡らした。

「ギターを置いて」

言うと、祥子が抱えていたギターを脇に置いた。

ソファに片膝を立てた祥子の太腿の奥をさらにまさぐると、

「ぁああ、ああ……もう、もう、ダメっ……」

祥子は両手を胸に伸ばして、自らふくらみを揉みだした。たわわな乳房をぐいぐいと揉み、そして、頂上の突起を指でこねまわす。立てられた膝が、中指のストロークに合わせて、開いたり閉じたりする。

「ぁああ、あああ……ねえ、欲しい。小暮さんのおチンチンが欲しい……ねえ、ねえ……」

甘えた声でねだってくる。

「また、欲しいのかい？」

「はい……また欲しいの。何回でも欲しい」

祥子がそう言って、つるっとした恥丘をせりあげてくる。

「じゃあ、大きくしてもらおうかな」

専太郎はソファの前に仁王立ちして、下腹部を突きだした。

ソファに腰かけた祥子は、ぐっと前に身体を屈めて、半勃ちのものを握って、しごく。すると、それがたちまち硬く大きくなってきた。

専太郎は演奏を見ていたときに思いついたことを、告げた。

「おチンチンを指で押さえてくれないか？　ギターの弦を押さえるようにして、すべらせるようにしてほしい」

とんでもない注文だと思ったが、祥子はそれを面白がってくれているようで、おずおずと右手から左手に持ち変えた。それから、さっきまで弦を押さえていた指で肉の棹をコードを押さえるようにして、すべらせる。

「そうだ。この指づかいだ。昂奮するよ、すごく……」

言うと、祥子は見あげて口許をゆるめ、右手で皺袋をあやしてくる。

そのまるでギターを弾いているような右手と左手の動きが、専太郎も昂らせる。

祥子が顔を寄せてきた。赤い舌でツーッ、ツーッと裏筋を舐めあげられると、ぞくっとした旋律が流れて、専太郎は「ああ、いいよ」と声をあげる。

なめらかな舌がツーッと這いあがってきて、そのまま上から頬張ってきた。

祥子はソファに腰をおろしながら前傾して、いきりたつものを途中まで含んだ。

それから両手で専太郎の腰をつかみ寄せ、大きく素早く顔を打ち振る。

いったん吐き出して、肉棹の根元を握ってしごき、ちらりと専太郎を見あげてくる。

ボブヘアの前髪が乱れ、大きな目は涙ぐんでいるのかと思うほどに潤んでいて、鳶《とび》色の瞳が上にあがっている。

「ありがとう、祥子ちゃん。きみは最高の女だよ。シンガーとしても、女としても最高だ。絶対に売れるよ。売れないわけがない。凱旋して湘南に帰ってきたときは、俺を呼んでくれよ。飛んでいくから」

乱れた前髪を直してやると、祥子は肉棹を咥えたままこくっとうなずいた。

「入れるよ」

祥子を後ろ向きにさせ、ソファに両手を突かせて、腰を引き寄せる。

ストレッチをするような格好で背中を反らして、祥子は腰を高く持ちあげている。

後ろから見ると、ぷりっとした尻たぶの底に赤裸々な恥肉が割れ目をのぞかせていた。

専太郎は勃起を膣口に押し当てて、慎重に腰を進めていく。腰を入れながら尻を引き寄せると、イチモツが一気に奥まで嵌まり込んでいき、

「あうぅぅ……！」

祥子が顔を撥ねあげた。

肉棹にからみついてくる収縮力抜群の膣に舌を巻きながら、深いところに打ち込むと、

「あんっ……！」

祥子の声が響き、浅瀬へと勃起を引いていくと、行かないで、とばかりに腰も後ろに向かってくる。

肌は抜けるように白くきめ細かい。そのもっちりとした肌がところどころ桜色に染まって、清新なエロスがむんむんと匂いたつ。

祥子はこれから先、デビューして売れたら、自信がついてもっとステキな女になる。専太郎など歯牙にもかけなくなるだろう。

専太郎は前に屈んで、両脇から手をまわり込ませて、乳房をとらえた。

柔らかくてたわわな肉層がしなりながら指にまとわりついてきて、揉みながら乳首をこねると、それが一気に硬くしこってきて、

「ぁあああ、あああうぅ……ほんとうにおかしいの」

祥子が言う。

「大丈夫だよ。このくらいじゃ、おかしくならない。祥子ちゃんは今、どんどん性に目覚めていっている。それでいいんだよ。いくら清純派でも、セックスアピールは大切だからね。聴衆を魅了する歌手になってくれ」

「ああ、そうなりたいです……あああ、いいの。わたし、乳首がすごく感じてしまう。ああ、それ……あああ、もっともっと強く。そうよ、そう……ぁああああ、感じる。小暮さん、わたし、また、また……」

祥子が訴えてくる。

「まだまだ時間はある。腰が抜けて立てなくなるまで祥子を感じさせてやる。これが最後だから、もう許してって言うまでするからな」

「ああ、そうしてください……小暮さんが好き！」

「俺もだよ。俺も祥子ちゃんが好きだよ」

専太郎はふたたび上体を起こして、腰のくびれをつかみ寄せて、激しく肉棹を叩き込んだ。

「あんっ、あんっ、あんっ……ああ、また、またイッちゃうよぉ」

祥子がソファを鷲づかみにして、顔をのけぞらせる。

「いいんだぞ。イッて……そうら」

専太郎がたてつづけに打ち込むと、下を向いた大きな乳房がぶるん、ぶるんと揺れているのが見える。

「ぁあああ、許してぇ……もう許してぇ……へんなの。身体がへんなの。心もへんなの……ぁあああ、ぁあああ、飛んでいっちゃう。わたし、浮いてる。浮きあがってる」

「そうら、もっと浮きあがれ。そうら……」

専太郎がぐいぐいと深く打ち据えたとき、

「イク、イク……やぁあああああああぁぁぁ、はうっ！」

祥子が一瞬のけぞり、それから、がくっ、がくっと震えながら、床に倒れ込んだ。

いた。

6

半年後、専太郎は小田原城を見て、熱海で一泊というツアーのガイドをしていた。

夜、食事を終えて部屋に戻り、テレビを点けると、音楽番組に吉田祥子が出演していた。

二人で過ごした最後の夜の三カ月後に、祥子はメジャーのレコード会社でCDデビューを果たした。最初は鳴かず飛ばずだった。

だが、祥子がある音楽番組に出演して、火が点いた。

その愛くるしいスマイルとアンバランスなほどのたわわな胸が話題になり、歌も清純だがどこかエロチックだと評されて、それ以降、歌が爆発的にヒットして、瞬《また》く間にスターダムにのしあがった。

今もテレビのなかで、柔らかな笑顔を振りまきながら、胸の強調された服を着て、ギターを抱え、『赤い糸の唄』を熱唱している。

（祥子ちゃん、よかったな……）

専太郎は自分のことのようにそれがうれしい。

祥子からは時々、ケータイに近況報告のメールが入るものの、あれから、二人は逢ってはいない。祥子は今、殺人的スケジュールに追われているし、こんな大切なときに、専太郎が顔を出して、妙なスキャンダルを立てられては困る。だから、専太郎は祥子から送ってもらったＣＤを聞いて、祥子のことを偲《しの》んでいる。

その歌を聞くと、不思議に股間のものが元気になって、ついついオナニーをしてしまう。祥子との蕩けるようなセックスを思い出しながらのオナニーは最高だった。

専太郎の仕事は上手くいっている。

松浦玲香は思っていた以上に商売上手で、最近は『人気ガイド小暮専太郎と行くスペシャルツアー』が組まれている。

そのツアーには秘密があって、内々にお金を余計に払うと、専太郎の夜のお供がつく、という特別なコースがある。それは会社のツアーに、十回以上参加した女性にだけ与えられる特典であった。

金額も張るし、そんなに応募はないだろうとタカをくっていたのだが、これが想像以上に応募者が多く、今は何カ月待ちという状態になっている。

そのほとんどが欲求不満を抱えた人妻で、専太郎はこう思っている。

俺は悪いことをしているんじゃない。むしろ、女性を助けているのだ。いや、夫だって救っている。人妻を満足させることで、夫婦の危機まで救っているのだと——。

専太郎が寛いでいると、ケータイに電話がかかってきた。今夜、これから一夜を共にする人妻の屋敷智子《やしきともこ》からだった。

「はい、小暮ですが」

応答すると、

「あの、そろそろ来ていただきたいんですが……お風呂にも入りましたし」

智子の周囲を憚《はばか》っているような声が聞こえてくる。

屋敷智子は三十九歳で、ふっくらとした容姿の癒し系の人妻である。どうやら、夫とはセックスレスらしいのだ。

「わかりました。今すぐ参ります。２０６号室でしたね」

「はい……お、お待ちしています」

「大丈夫ですよ、緊張なさらないで。リラックスして、愉しみましょう」

「……あ、はい……すみません。何かすごく緊張してしまって」

「それが普通ですよ。大丈夫ですから」

　専太郎はテレビのスイッチを切って、ケータイを持ち、部屋を出て、廊下をゆっくりと２０６号室に向かって歩いていった。


（了）

三交社 艶情 文庫
SEJ-003

鎌倉女体巡り

2019年3月15日　第一刷発行

著者名　霧原一輝
発行者　稲山元太郎
編　集　株式会社メディアソフト
〒110-0016
東京都台東区台東4-27-5
TEL.03-5688-3510(代表)　FAX.03-5688-3512
http://www.media-soft.biz/
発　行　株式会社三交社
〒110-0016
東京都台東区台東4-20-9　大仙柴田ビル2F
TEL.03-5826-4424　FAX.03-5826-4425
http://www.sanko-sha.com/
印　刷　中央精版印刷株式会社
デザイン　きしかずみ

ISBN　978-4-8155-7503-8